Arsène Lupin 亞森・羅蘋冒險系列 01

Arsène Lupin Gentleman Cambrioleur

怪盜紳士 亞森・羅蘋

莫里斯・盧布朗／著
蘇瑩文／譯

好讀出版

代序

作一場羅蘋大夢

民國五十四年，當東方出版社推出一系列黃皮繪圖封面的「亞森・羅蘋系列」時，羅蘋這一號人物，突然像平地一聲雷，轟翻了所有兒童讀者的心思，雖然在那之前，義賊如台灣民間人物廖添丁、英國傳說人物羅賓漢等並不少見，但揉合偵探、盜賊、冒險家、詐欺犯、變裝高手於一身的羅蘋，以帥氣瀟灑的姿態翩翩降臨當時民風純樸的孩童心上，他帶來的神祕氣息與出奇智慧，以及讓人忍不住嘴角揚起的狡獪幽默，還有詭譎離奇的冒險遭遇，時而輕盈、時而緊繃、時而驚心動魄、時而出人意表，在平淡無奇的童年生活裡，像是背著光圈，讓人心生嚮往之情，彷彿可以藉著那些活潑懸疑的故事，稍稍接觸從未想像過的世界、那樣衣香鬢影的巴黎上流社會，要說那時的小孩

們，是以亞森．羅蘋的故事開始認識法國這個國家的，恐怕也不爲過。

彼時東方出版社並未出齊所有羅蘋的故事，更久之後，當年的孩子們才會知道自己那時迷戀的怪盜紳士羅蘋故事，並不是法文原版翻譯，而是譯自日本Poplar社（ポプラ社）出版，由作家南洋一郎翻譯改寫而成的童書版，其中甚至有南洋一郎自編或其他法國作者寫的羅蘋故事，故事自然是精采萬分，但你嘗過了味道，怎能不渴求原汁原味的成人一品？

創造出羅蘋這個讓人愛之迷之角色的生父乃是法國作家莫里斯．盧布朗，盧布朗原來寫的並非摻雜冒險色彩的娛樂小說，而是以法國大作家福樓拜或莫泊桑爲標竿，以純文學爲個人寫作重心，那時正值十九世紀末、二十世紀初，英國作家柯南．道爾筆下的名偵探福爾摩斯探案，席捲了整個歐洲，但盧布朗沒把這類娛樂普羅大眾的小說看在眼裡，直到一九〇五年，皮耶．拉菲特創辦了一份名爲《我全知道》（*Je Sais Tout*）的雜誌，爲了吸引讀者，拉菲特情商好友盧布朗寫了一則短篇推理小說〈亞森．羅蘋就捕〉，有人認爲這個角色影射的是當時正接受審判的法國神偷亞歷山大．約伯（或名馬利厄斯．約伯），據稱馬利厄斯的幽默感與劫富濟貧的義行，就是羅蘋的原型。

那時心不甘情不願的盧布朗爲了斬草除根，還故意安排羅蘋在故事結尾被捕，沒想到二十世紀初期貧富懸殊，困頓的老百姓對於攪亂上流社會又愚弄法國警方的羅蘋大有好感，這則短篇故事的成功，讓嘗試純文學創作卻無法出人頭地的盧布朗慢慢接受了現實，開始認眞經營羅蘋系列，雖然在晚年，他也曾喟嘆自己只是羅蘋的影子，被這個風流瀟灑的怪盜拉著跑，但在他的創作生涯中，羅蘋終究成爲不容忽視的要角，盧布朗的名字注定要跟羅蘋連在一起。

盧布朗雖然創造出這麼多離奇的故事，但不知是不服氣抑或想藉羅蘋損一下在羅蘋誕生前已經大獲人心、成爲英國偵探代表人物的福爾摩斯，在第一個單行本最後一篇故事〈遲來的福爾摩斯〉裡，盧布朗創造了一位叫做福洛克・夏爾摩斯（Herlock Sholmès）的英國名偵探，據說盧布朗原來寫的是夏洛克・福爾摩斯，卻遭致柯南・道爾嚴正抗議，因爲盧布朗把這個福洛克寫成一個一板一眼的英國佬，不但在開場時就被魔高一丈的羅蘋給比了下去，後來在《怪盜與名偵探》這本書裡，又頻頻吃鱉，這讓福爾摩斯的作者與書迷情何以堪？即使到今天，仍有許多人一而再再而三的要跳出來幫大偵探福爾摩斯澄清這回事，事實上，兩人既是虛構人物，又各自有不同作者，也就毫無同台較勁、公平競爭的可能，今天不管是柯南・道爾或莫里斯・盧布朗執筆，必有一方佔上風，讀者無需爲此大動干戈，或許那正是盧布朗當初創造怪盜與名偵探對壘的原始動機，挑戰或消費既有品牌與名人，本來就是新品牌和新人造勢的手法，你越是氣憤、不悅，越是花篇幅釐清事實，反而幫後起之秀羅蘋做了宣傳。

雖然羅蘋早已過了百歲誕辰，但在法國，羅蘋受到的重視其實遠不及在貝克街執業的福爾摩斯，後人向經典致敬的著作也未如福爾摩斯眾多，難道羅蘋只是孩童等級的娛樂小說嗎？但我們看著羅蘋用聲東擊西、以假亂眞的手法回敬吝嗇的鉅富，道德不及格、正義感卻滿點的行爲，還有諸多讓人看了捧腹大笑的《法國迴聲報》報導，彷彿你童年時那個充滿朦朧魅力的神祕閱讀經驗又回

來了，翻開書頁，從來沒老過的羅蘋就在這裡，就像那些急著想跟羅蘋致敬的角色：日本漫畫家Monkey Punch創造的漫畫人物，據稱是羅蘋孫子的魯邦三世（「魯邦」的確比「羅蘋」更接近法文讀音）、日本推理小說名家江戶川亂步筆下變幻莫測的怪人二十面相，和武俠小說家古龍筆下風流倜儻、以盜竊爲生的盜帥楚留香，甚至是卡通《名偵探柯南》裡出現的怪盜基德（柯南對決怪盜基德，嗅到較勁的味道了嗎？）或那些留著小鬍子、在片中努力模仿羅蘋的電影明星。他們都是變身的羅蘋，卻也都不是羅蘋。

唯有老老實實重來一遍，再讀許多遍那些看似陌生、骨子裡卻熟悉的敘述，亞森・羅蘋才不會只是過氣的小說人物，打從他六歲偷了第一條項鍊開始，就注定要走上一條與人不同、又艱辛又瑰麗的路程，你打開書，也注定要墜入一場與眾不同、繁花似錦的閱讀大夢。

好讀出版總編輯　鄧茵茵

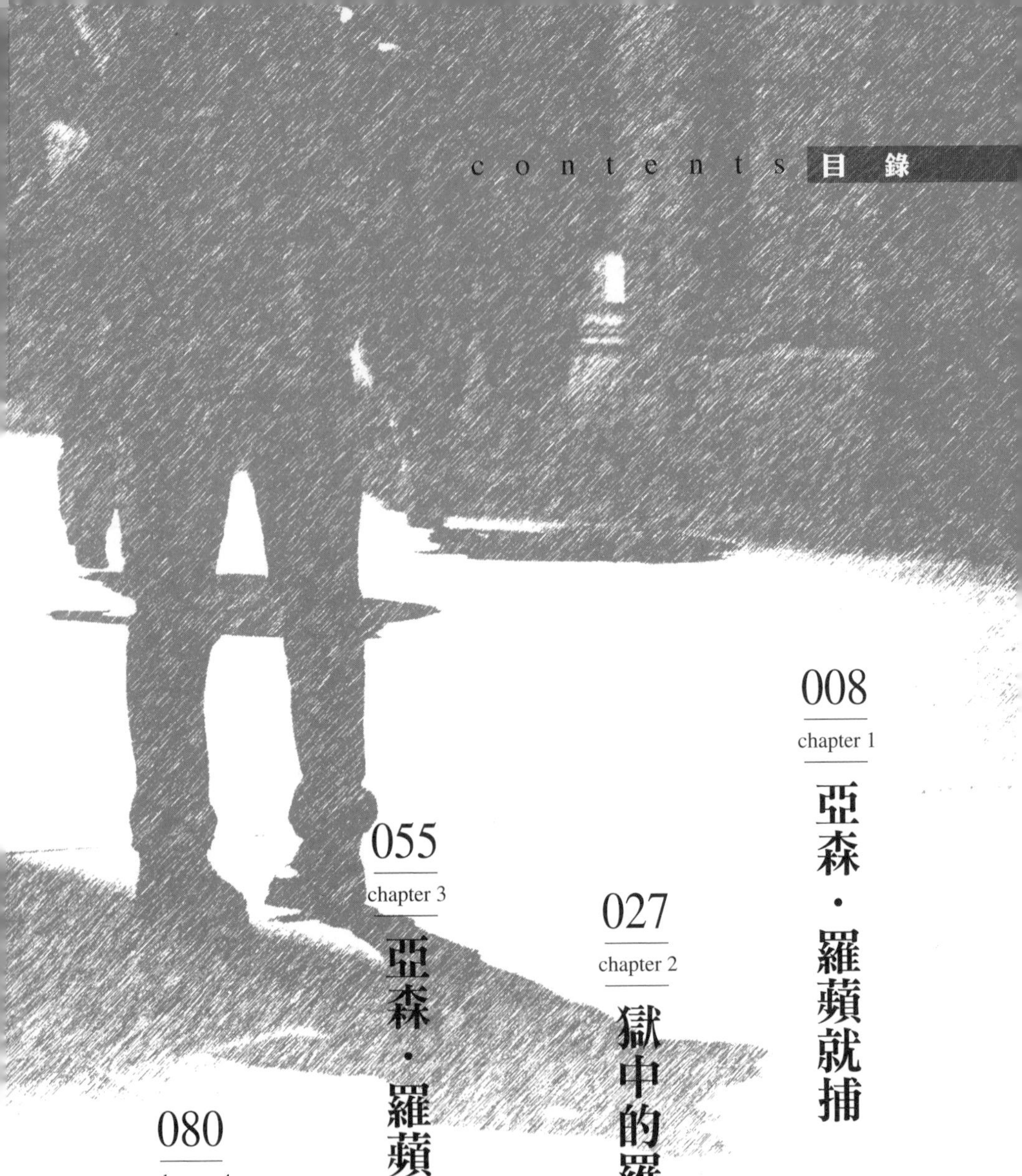

contents 目錄

chapter 1

亞森・羅蘋就捕

眞是奇特的旅程哪！這段旅途的確有個美好的序幕，我從來沒遇過這麼吉利的好兆頭。我搭乘「普羅旺斯號」橫渡大西洋，這艘快速客輪十分舒適，船員也很親切。乘客都是上流社會的菁英，這些人互動頻繁，在船上享受各項不同的娛樂。大家都有一種美好的感覺，我們彷彿與世隔絕，同處在一座不知名的小島上，因而彼此格外接近。

我們的關係越來越緊密……

一群原本彼此毫不認識的陌生人，在無際的藍天碧海間親近地相處了好幾天，共同面對多變的大海、翻騰的波濤，以及看似沉靜卻狡猾無比的靜水。有誰會想到不速之客就藏身在這群人當中呢？

這段短暫旅程彷彿是生命濃縮的精髓，有著高低起伏，偶爾平淡，也有出奇的時刻，打從一開始，乘客就知道終將面臨結束的一刻。也許，這就是我們會迫不及待，熱切地去體驗的原因。

然而，近幾年來的快速發展爲航程平添了奇特的氣氛。我們原以爲自己處在一座漂浮的小島上，其實，乘客並非眞的與世隔絕。在茫茫大海中，某種聯繫時而存在，時而消逝。是的，這就是無線電報！這種神祕的聯繫方式讓我們接收到來自另一個世界的消息。這實在是難以想像，空心電纜究竟如何傳達肉眼看不見的訊息？奧妙的科技深不可測，同時也更富詩意，也許我們只能將這項前所未見的奇蹟，解釋爲「訊息乘著清風羽翼而來」。

在最初的幾個小時之中，這個遙遠的聲音就伴隨在我們身邊，來自遠方的低語偶爾出現在我們的耳際。兩名友人爲我捎來了消息，另外也有其他十幾、二十幾個人感傷或愉快地隔空道別。

第二天午後雷雨交加，我們在距離法國海岸還有五百海里時收到無線電報傳來緊急電文：

亞森・羅蘋搭乘船上頭等艙，金髮，右前臂受傷，獨自旅行，化名R……

就在這個時候，陰沉的天空劃下一道閃電，電波中斷，我們沒有收到完整的電文，只知道亞森・羅蘋化名中的第一個字母。

如果電報中提到的是其他訊息，我相信電報室的職員，以及船上警務人員和船長定無可能絕口不提，但是這個訊息絕對必須嚴格保密。然而就在同一天，消息卻不知從哪裡走漏，船上的每一個人都知道聲名狼藉的亞森・羅蘋就潛伏在我們當中。

亞森・羅蘋就在我們身邊！這個怪盜來無蹤去無影，幾個月以來，報章雜誌不斷刊出他的各項事蹟！國內最優秀的警探——葛尼瑪探長，誓言與這個謎樣人物一決高下，交手的過程可謂曲折離奇，令人驚嘆！亞森・羅蘋這個率性而爲的怪盜紳士專挑城堡和沙龍下手，他曾經在某個夜裡潛入舒爾曼男爵的住處，什麼也沒拿走，卻留下自己的名片，上頭寫著：「待閣下將家具擺設更換爲眞品後，怪盜紳士亞森・羅蘋必將再次來訪。」亞森・羅蘋就像位千面人，曾經變裝成司機、男高音、賽馬場莊家、富家子弟、少年、長者、來自馬賽的旅人、俄國醫師，甚至還扮過西班牙鬥牛士！

大家都清楚明白一件事：亞森・羅蘋就在客輪有限的空間裡來來去去。他就在頭等艙裡，隨時都會和我們擦身而過，也許就在餐廳、交誼廳或抽菸室裡！亞森・羅蘋有可能是眼前的這位先生，要不就是另外那個人，他說不定正和我同桌進餐，甚至有可能是我的室友……

「這個情況還要再繼續五回長長的二十四小時，」隔天，妮麗・安德當小姐大聲嚷嚷：「這怎麼受得了！眞希望我們能逮住他。」

接著她對我說：「安德列茲先生，您說說看吧，您和船長最熟，難道什麼都不知道嗎？」

我還眞希望自己可以有些消息，能逗妮麗小姐開心。她是個美人胚子，走到哪裡都是眾人矚目的焦點；再說，她的財富和美貌不相上下，身邊不乏熱情的追求者。她在巴黎長大，母親是法國人，這次是要到芝加哥和家財萬貫的父親相聚。旅途當中，由她的朋友潔蘭女士作伴。

打從一開始，我就加入了追求者的行列。但是在短暫旅程中，頻繁密集的接觸卻讓我眞心拜倒在她的石榴裙下，每當她烏亮的大眼睛與我四目相對，我往往情難自禁。我的殷勤似乎博得了她的好感，她不但對我的幽默談吐微笑以對，我提起的奇聞軼事也總能引起她的注意。她似乎相當欣賞我的熱切態度。

唯一能稱得上對手，讓我稍感焦慮的只有一個人。他長相俊美，優雅又穩重，有時候，他內斂沉穩的個性，似乎比我這種典型巴黎人的外放舉止更能討得妮麗小姐的歡心。

當妮麗小姐問我話的時候，他也和其他仰慕者一樣，圍繞在她的身邊。我們當時都舒適地坐在搖椅上，天空一片清朗，已經看不出昨夜暴風雨的蹤跡，讓人神清氣爽。

「妮麗小姐，我沒有確切的消息，」我回答她的問題，「但是我們不妨自己進行調查，仿照亞森·羅蘋的對手葛尼瑪老探長一樣大顯身手如何？」

「噢，您想太多了！」

「怎麼會呢？難道這是什麼複雜難解的問題嗎？」

「我覺得複雜得很。」

「這是因爲您忘了我們手邊有線索可以來解謎。」

「什麼線索？」

「第一，亞森・羅蘋用了R字開頭的假名。」

「這似乎不夠明確。」

「其次，他單獨旅行。」

「光憑這一點資訊怎麼夠呢？」

「再者，他有一頭金髮。」

「這又怎麼樣呢？」

「我們只需要去清查乘客名單，一一過濾。」

我的口袋裡就有這份名單。我拿出名單檢視。

「首先，這份名單上有十三個名字值得我們注意。」

「只有十三個？」

「是的，這是就頭等艙而言。在這十三名姓氏以R爲字首的先生當中，各位可以放心，有九位與妻子、兒女或佣人同行。因此，我們只剩下四個人要調查。拉維登侯爵……」

「他是大使館的祕書，」妮麗小姐打斷我的話，「我認識他。」

「勞森上校……」

有人說：「他是我叔叔。」

「黎佛塔先生……」

「正是在下。」就在我們這群人當中，有個滿臉黑色大鬍子的義大利人大聲回應。

妮麗小姐笑了出來。

「這位先生，您可不是金髮。」

「那麼，」我繼續說：「我們的結論是，名單上的最後一個人就是嫌疑犯。」

「是誰？」

「就是洛尙恩先生。有人認識洛尙恩先生嗎？」

大家都沒有說話。妮麗小姐開口喊那名經常陪伴在她身邊的年輕人——也就是讓我視為威脅的沉默男子。

她問：「怎麼著，洛尙恩先生，您不打算回答嗎？」

所有的人都轉頭看向他，他有一頭金髮。

我得承認，我的確有點驚訝。這陣沉默十分尷尬，我相信圍在妮麗小姐身邊的人也都同時感覺喘不過氣來。這實在荒唐，這個年輕人怎麼看，都很難引發大家的聯想。

「爲什麼我沒回答？」他說：「因爲，如果要以姓氏、單獨旅行者身分和頭髮顏色來比照，我也會得到相同的結論。所以，我建議大家立刻逮捕我。」

他說話的神情古怪，不但緊緊抿起蒼白的雙唇，眼睛裡也顯現血絲。

他當然是開玩笑，但是他的表情和態度都在我們心裡烙下了深刻的印象。

妮麗小姐天真地問：「但是，您的手臂總不會也受傷了吧？」

「這倒是眞的，」他說：「的確是少了傷口。」

他拉起袖子，露出手臂，動作十分緊張。但是我突然想到一件事，和妮麗小姐互望了一眼，他給大家看的是他的左手。

就在我正打算戳破這一點的時候，突然有人轉移了大家的注意力。

妮麗小姐的朋友潔蘭女士朝著我們跑來，她的神情慌張失措。我們圍向她的身邊，她花了好些力氣，才終於結結巴巴地開口說話：「我的珠寶和珍珠！……全被偷光了！……」

不，並沒有完全偷光。我們後來才知道蹊蹺之處：小偷是選擇性的下手。

不管是鑽石項鍊或是紅寶石鍊墜，這些首飾全都遭到破壞。小偷拿走的不是最大的寶石，而是最精巧珍貴的珠寶，也就是說，他拿的是體積雖小但價值最高的寶石。小偷取走寶石，將拆下來的鑲座丟在桌上。我和大家全都親眼目睹，這些被拆掉寶石的首飾，就像少了豔麗花瓣的光禿花芯。

竊賊趁潔蘭女士離開艙房喝茶的時候，動手拆下寶石，然後偷偷帶走。要完成這項任務，小偷必須在光天化日之下，在人來人往的走道上撬開房門，並且還得找出藏在帽盒底部那只特別設計的小袋子，挑出想要下手的珠寶。

我們這群人當中，只有一個人感到驚訝，輕輕地叫了一聲。一聽到竊案發生，所有的乘客都有個共識：竊賊一定是亞森・羅蘋。事實上，行竊方式也一如他的手法，不但複雜、神祕，且讓人匪夷所思，然而其中自有邏輯。的確，與其帶走一整批體積龐大的珠寶，不如分別挑出容易藏匿的珍珠、祖母綠和藍寶石。

結果，到了晚餐時刻，沒有任何人願意坐在洛尙恩的身邊。我們都知道，船長在當晚就找他問話了。

無庸置疑，他的就捕讓所有人都鬆了一口氣，大家心底的大石頭終於落地。那天晚上，大夥兒盡情地玩遊戲和跳舞。妮麗小姐更是無比歡喜，我看得出來，就算洛尙恩一開始在她心裡留下了好印象，到了這個時候也已經蕩然無存。她的優雅氣質讓我傾心不已。接近午夜時分，我在皎潔的月光下對她表達愛意，她似乎也樂於接受。

但是，到了第二天，出乎所有乘客的意料之外，由於罪證不足，洛尙恩竟然重獲自由。他是波爾多富商家族子弟，除了提出的文件不見可疑之處外，他的手臂上也沒有任何傷口。

「文件和出生證明算得了什麼！」反對洛尙恩的人提出自己的看法，「亞森・羅蘋就是有辦法拿出一切證明。至於傷口呢，如果不是他根本沒受傷，就是他想辦法除去了傷痕！」

也有人提出不同的意見，聲稱在竊案發生的時候，曾經看到洛尙恩在甲板上散步。反對者完全不服氣，強調說：「亞森・羅蘋是何等人物，難道他會親自動手？」

假使暫且不去考慮這些外在因素，另外還有一項疑點，讓所有抱持懷疑態度的人都想不出答案。除了洛尚恩之外，船上還有哪個單獨旅行的金髮男子，姓氏以R字開頭？如果電報上指的人不是洛尚恩，那又可能是誰？

洛尚恩在午餐前放肆地朝我們這群人走來，妮麗小姐和潔蘭女士立刻起身離開。

錯不了，她們絕對還很害怕。

一個小時之後，不論是船上的員工、水手或是各艙等的旅客，大家都在傳閱一張手寫的紙條，上頭寫著：「只要揭穿亞森・羅蘋的眞面目，或是找出遭竊寶石的持有人，路易・洛尚恩願意懸賞一萬法郎。」

洛尚恩甚至向船長表示：「如果沒有人幫助我尋找這個竊賊，我願意親自動手。」

洛尚恩向亞森・羅蘋下了戰帖。套句大家口耳相傳的話，其實這是**亞森・羅蘋挑戰亞森・羅蘋**，絕對精采可期！

這場好戲持續了兩天。

大家只看到洛尚恩來來去去，向工作人員打探消息。不分晝夜，四處都可以見到他的身影。

同時，船長也繼續積極調查，上上下下徹底搜索「普羅旺斯號」，未曾疏漏任何角落，連旅客的艙房也不放過。他認爲，除了嫌犯的房間之外，寶石也可能藏匿在任何地方。

「我們終究會找到線索的，對不對？」妮麗小姐問我。「不管他有多機靈，鑽石和珍珠總不會憑空消失。」

「那當然，」我回答：「要不然，我們接下來就要拆開帽子和衣服的襯裡，搜遍身上衣物。」

我把手上的柯達九乘十二底片相機拿給她看，我用這部相機幫妮麗小姐拍了許多相片。

「光是我這台相機的大小，就裝得下潔蘭女士所有的寶石了，您說不是嗎？只要按下快門拍照，就可以蒙混過關了。」

「但是我聽說過，所有的竊賊都會留下線索。」

「唯獨亞森·羅蘋例外。」

「爲什麼？」

「爲什麼？因爲他不只是偷竊，還會設想要如何湮滅證據。」

「一開始的時候，您比較有信心。」

「但是後來我看到他的手法。」

「那麼，您有什麼見地？」

「我認爲，這完全是浪費時間。」

事實上，除了這些調查一無所獲之外，連船長的手錶也悄悄被偷走。憤怒的船長投入更多心力，嚴密監視並且數次約談洛尙恩。第二天發生了一件有趣的事，手錶竟然藏在大副的假領夾層裡，這還眞諷刺哪！

這件讓人嘖嘖稱奇的案子充分展現出亞森·羅蘋的詼諧手法，儘管他是個竊賊，卻仍然保持一顆赤子之心。的確，他的職業是竊賊，憑藉高雅的品味來選擇下手的物件，但是他也懂得製造樂趣。他彷彿躲在幕後觀賞一齣親手執導的好戲，還被戲中鋪陳的機智和想像情節逗得哈哈大笑。

羅蘋絕對是竊賊中的藝術家。每當我看到陰沉又固執的洛尚恩，就會想到他扮演的雙重角色，對此，我不由得對這個奇特人物感到一絲欽佩之意。

就在航程即將結束的前一晚，值班船員聽到甲板陰暗的角落裡有人低聲呻吟。船員趕忙上前察看，結果發現地上躺了個人，頭上裹著一條灰色的厚圍巾，雙手上還綑縛著細細的繩索。

船員扶起他，解開繩索和頭套，並且妥善地照顧他。

這個人竟然是洛尚恩！

原來是洛尚恩出來外面巡視甲板的時候，不但遭到攻擊，還被洗劫一空。他的外套上釘著一張名片，上面寫著：「茲收到洛尚恩先生一萬法郎，亞森・羅蘋特此申謝。」

其實，被搶走的皮夾裡頭裝有二十張一千法郎的鈔票。

大夥兒一致指控這個倒楣的傢伙自導自演，但是，他怎麼可能反手綑住自己，又怎麼用截然不同的筆跡寫下字條呢？令人難以瞭解的是，這個筆跡和船上舊報紙上曾經報導過的亞森・羅蘋筆跡如出一轍。

如此說來，洛尚恩果真不是亞森・羅蘋。洛尚恩就是洛尚恩，的確是波爾多的富商之子！這樁可怖事件再一次證實了怪盜亞森・羅蘋的確在船上。

船上人心惶惶，沒有人敢獨自留在艙房內，更不必說到人少的地方散步。大家都十分謹慎地和熟悉的人聚在一起，並且還刻意區分親疏，因爲威脅並非來自某個單獨的個體，如果是這樣，危險性可能還低一些。所有的人都可能是亞森・羅蘋。大家豐沛的想像力，賦予他無與倫比的無限力量。他可能會以最出人意料的身分出現，假扮成受人尊敬的勞森上校，也可能換張面貌，化身爲拉維登侯爵之輩的貴族名流。大家不再侷限於他化名中的第一個字母，因此，他甚至有可能是大家都認識的人，攜家帶眷搭乘客輪。

接下來的幾封電報並沒能帶來更多細節。就算是有，船長也沒告訴我們任何訊息，這種對一切毫無所知的情況實在令人不安。

同時，旅程也進入最後一天，這個漫長的日子似乎毫無止境，大家的情緒焦躁，彷彿即將面臨可怕的災難。這會兒，大家心裡想的不是竊案也不是偷襲，而是殺人犯罪事件。先前兩件微不足道的事件不可能讓亞森・羅蘋得到滿足，整艘客輪都在他的控制之下，執法單位根本無計可施，只要他想要下手，就一定會達成目標。羅蘋掌握了大家的財物和人身安全。

但是我必須坦言，這段時光對我而言著實美好，因爲妮麗小姐百分百的信任我。她本來就容易焦慮，在這些事件過後，她直覺地希望在我身邊尋求保護，而我自然非常樂意成爲她安全上慰藉的護花使者。

實際上，我很感激亞森・羅蘋。如果不是因爲他，妮麗小姐和我怎會越來越親密？幸虧有他，我才能把握美夢。我必須承認這些愛情的美夢猶如空想。世代居住在普瓦提埃地區的安德列茲家族淵源悠久，然而在家道中落的情況下，只要是有志之士，都會想要重振家業，恢復昔日的風華，這也是無可厚非。

我可以感覺到我的這些美夢並沒有得罪妮麗。她的眼眸帶著微笑，允許我繼續夢想，她輕柔的話語也讓我希望不滅。

最後的一刻終於來臨，我們並肩靠在欄杆上，一同觀看朦朧的美國海岸線。

船上的搜索行動已經告一段落，大家都在等待。不管是頭等艙的旅客，還是擠在大艙裡的移民，對於最後解謎的這一刻，全都拭目以待。究竟誰才是亞森・羅蘋本尊？他用哪個假名？惡名昭彰的怪盜亞森・羅蘋究竟躲藏在哪一張面具之下？

眾人矚目的一刻終於來臨。就算我再活個一百年，也會鉅細靡遺地記得所有細節。

「妮麗小姐，妳臉色眞蒼白。」我對她說。

妮麗小姐虛弱地扶著我的手。

「看看您自己，」她回答：「您整個人都變了。」

「想想看，這是多麼讓人興奮的時刻！妮麗小姐，我能和您一起度過這一刻，實在太榮幸了。我覺得您的記憶似乎還停留在……」

她既興奮又期待，並沒有聽我說話。客梯終於架了起來，在我們走下客梯之前，海關人員、幾名身穿制服的人，以及運貨員必須先登船。

妮麗小姐結結巴巴，幾乎說不出話。

「就算亞森・羅蘋早就在行程當中逃脫，我也不會驚訝。」

「也許，他寧願選擇死路，也不願意當眾受到羞辱。說不定，他覺得跳進大西洋勝過被逮捕。」

「別開玩笑！」她不太高興。

我突然打了個冷顫，她問我怎麼了。

我說道：「您有沒有看見站在客梯前面的那位矮個子老人家？」

「拿著雨傘，穿著橄欖綠外套的老先生嗎？」

「他是葛尼瑪。」

「哪個葛尼瑪？」

「就是那個大名鼎鼎，誓言親手活逮亞森・羅蘋的警探。啊，我現在知道爲什麼我們一直沒有接獲大西洋這岸的消息了。葛尼瑪人都來到這裡，他一定不希望任何人壞了他辛苦部署的局面。」

「這麼說，亞森・羅蘋絕對會被逮捕了？」

「天曉得！聽說葛尼瑪從來沒見過他本人，只看過他易容之後的樣子。除非，他知道羅蘋這次用什麼假名……」

「啊！」她說話的好奇語氣中，還稍稍帶著女人特有的殘酷，「假如我可以看到整個逮捕行動有多好！」

「我們等等看。亞森・羅蘋大概也已經發現勁敵在場。他應該會夾雜在最後幾名乘客當中，因為到了那個時候，探長一定已經老眼昏花。」

乘客開始下船。葛尼瑪拄著枴杖，裝出一副事不關己的模樣，對穿過欄杆、從他面前經過的人群似乎毫不在意。我注意到有一名船上職員站在他的身後，不時提供一些訊息。

拉維登侯爵、勞森上校、義大利人黎佛塔，更多人陸續從他面前走過。接著，我看到洛尙恩就在後面。

可憐的洛尙恩！他似乎還沒從不幸的襲擊事件中恢復過來。

「不管怎麼說，他還是有可能是羅蘋。」妮麗小姐說：「您的看法呢？」

「我覺得，如果能同時拍下葛尼瑪和洛尙恩兩人，一定很有趣。相機給您用，我手上拿太多東西了。」

我把相機遞給她，但是妮麗小姐錯過拍照的時機，洛尙恩直接走了過去。船上職員湊向葛尼瑪的耳邊說話，探長輕輕聳聳肩，讓洛尙恩離開。

「老天爺，到底誰才是亞森・羅蘋？」

「是啊，」她拉高聲音問：「究竟會是誰？」

船上只剩下最後二十多個人。其實這大可不必，但她還是惶恐地觀察這些人。

我對她說：「我們別再等了。」

她往前走，我跟在她身後。我們沒走多遠，葛尼瑪就擋在我們面前。

「這是怎麼一回事？」我大聲說。

「請等等，這位先生，您有急事嗎？」

「我得陪這位小姐。」

「一下子就好！」他的聲音比方才來得專橫。

他先是仔細盯著我看，接著直視我的雙眼說：「您就是亞森・羅蘋，對吧？」

我放聲大笑。

「錯，我不過就是伯納・安德列茲罷了。」

「伯納・安德列茲死在馬其頓，已經有三年了。」

「如果伯納・安德列茲已經死了，那我也不會在這個世上。但情況顯然不是如此，這是我的證件。」

「是他的證件。需要我爲您解釋，您怎麼拿到這些證件的嗎？」

「您簡直瘋了！亞森・羅蘋用來登船的名字應該是以R字開頭。」

「是啊，這又是您的詭計，用來誤導所有的人。您眞是個可敬的對手，好傢伙。但是這一回可出現大逆轉了。我說啊，羅蘋，您就認輸吧！」

我猶豫了一下，這時候他突然朝我的手臂狠狠打來，我痛得喊出了聲。他不偏不倚地打在電報上提過，我那道尚未痊癒的傷口上。

該認栽了！我轉身望向妮麗小姐。她聽到這些話，臉色轉爲鐵青，幾乎站不穩腳步。

她先是迎向我的視線，接著低下頭看著我剛才遞給她的柯達相機。她突然動了一下，似乎突然頓悟。沒錯，我把洛尙恩的兩萬法郎和潔蘭女士的珍珠、鑽石藏在相機黑色的小小皮套裡，並且在葛尼瑪逮捕我之前，親手交給了她。

我可以發誓，在這嚴肅的一刻，葛尼瑪帶著兩名手下圍住我，不管是我的就捕、旁人的敵意或者其他的一切，都已經不再重要，我只在乎妮麗小姐會怎麼處理我交給她的東西。

這些證物足以證明我所犯下的竊案，關於這一點，連我自己都不敢有他想，但是妮麗小姐會不會決定交出證物呢？

她會不會背棄我？出賣我？表現出絕不寬容的敵對態度？還是說，她會用念舊的情懷，讓寬容和同情沖淡心中的不屑？

她從我的面前走過去，我深深地向她鞠躬致意，一句話也沒有說。她跟著其他的旅客一起往前走到客梯邊，手上還拿著我的相機。

我想，她應該是不敢在大家面前把東西交出來。過不了多久，她一定會把證物交給葛尼瑪。

然而妮麗小姐走到客梯上時，刻意笨手笨腳地掉落相機，相機就這麼直接落入客輪和碼頭中間的深水之中。

我望著她逐漸遠去的身影。

妮麗小姐美麗的背影消失在人群當中，沒有再出現，就此不見蹤影。……結束了，永遠地結束了。

我楞了好一會兒，既哀傷又感動，接著我嘆了一口氣，「可惜啊，可惜我不是個正派的人。」

這句話讓葛尼瑪詫異不已。

* * *

亞森・羅蘋在某個冬夜裡告訴我他遭到逮捕的經過。一連串偶發的事件將我們連結在一起，總有一天，我會提筆寫下這些故事。該怎麼解釋我們之間的關係呢，可以說是友誼嗎？的確如此。我大膽假設自己有幸得到亞森・羅蘋的青睞，把我當成朋友。就因爲如此，他偶爾會出其不意來到我家，將他充沛的活力，大膽生涯中的諸多喜悅、幽默及歡樂，帶到我寧靜的書房當中。

我要怎麼描述亞森・羅蘋這號人物呢？我見過亞森・羅蘋二十次，每次他都帶著不同的面貌。或者我該說，他還是同一個人，只是由二十面鏡子投射出不同的影像，呈現出各異其趣的眼眸、五官、舉止、外型和個性。

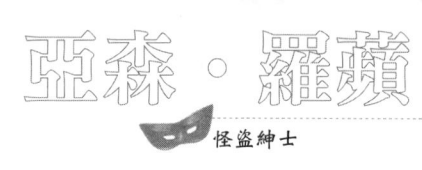

他告訴我：「其實連我都不知道自己是誰，就算照著鏡子看，也認不出來。」

這句話聽來好笑，而且充滿矛盾。但是對於見過他，並對他的神乎其技、耐心、化妝術，以及足以改變五官的能耐毫無所悉的人來說，這個說法的確不假。

他還說：「爲什麼我只能擁有同一張臉？同樣的相貌總是會帶來風險，我何不想辦法避免？我的一舉一動已經足以代表我的身分。」

他帶著驕傲的語氣說：「如果沒有人可以確切指認出亞森・羅蘋，那不是更好嗎？重點是大家都可以毫無疑問地說：『犯案的絕對是亞森・羅蘋！』」

在那幾個冬夜裡，羅蘋翩然來到我寧靜的書房，毫不吝嗇地說出了好幾場冒險的經歷，我試著將這些故事記錄下來……

chapter 2

獄中的羅蘋

只有遊覽過塞納河風光的人，才稱得上飽覽山水；然而，如果在這段旅程之中，沒能注意到如密居和聖萬德兩處修道院遺址之間有座奇特的城堡，那麼也只能說枉然。瑪拉奇城堡傲然地盤踞在塞納河中央的岩石上，與河岸以拱橋相連。古堡幽暗陰森的牆腳與花崗岩磐石緊緊相連，大自然的鬼斧神工，將這一大塊不知出自何處的岩石安置在此地。寧靜的河水穿梭在蘆葦之間，鶺鴒站在圓石頂上打著哆嗦。

瑪拉奇城堡的歷史，和它的外觀及名號一樣嚴峻生硬，讓人難以親近。這個地方經歷了戰亂、圍攻、暗殺、劫掠，甚至還發生過大屠殺。在諾曼的科區一帶，只要在夜裡談起這些恐怖的罪行，依舊會讓人不寒而慄。民間仍然傳誦著一個個神祕的故事，古堡的祕密地道依舊是茶餘飯後的話題，這條地道不但連接著如密居修道院，還可以通到法王查理七世的情婦愛涅絲・索黑爾的住處。

瑪拉奇城堡一度是梟雄和盜匪的巢穴，現在的主人是納森・卡洪男爵。男爵過去因爲投機買賣而一夕致富，因此大家都稱他爲「撒旦男爵」。瑪拉奇城堡原來的堡主因爲破產，將祖先的財產賤價出售。買下城堡之後，卡洪男爵將珍藏的家具、名畫、陶瓷器具和木雕全都放在城堡裡，他雖然獨身，但是有三名年邁的僕人同住。從來沒有外人踏入城堡一步，沒有任何人有幸欣賞伯爵典藏的三幅魯本斯和兩幅華鐸①的名畫，或者是尙恩・古戎②的雕刻作品，以及男爵在拍賣會中，砸下大把鈔票從其他鉅富手中搶來的寶藏。

撒旦男爵生活在恐懼當中。他並不考慮自己的安危，他擔心的是那些以無比熱情蒐集而來的藝術珍藏品，任何狡詐的商人都無法欺騙他。他深愛著這些寶藏，這股狂熱猶如守財奴般貪婪，宛若情人般善妒。

每天傍晚，只要太陽一下山，拱橋兩端和古堡入口處的四扇鐵門就會一齊關上，並且牢牢地鎖住，稍有風吹草動，警鈴便會劃破寧靜。古堡臨塞納河的這側則安全無慮，天然的岩石地形像懸崖般陡峭。

九月的某個星期五，郵差一如往常地來到橋頭。依照慣例，男爵本人會親自來到沉重的大門邊，拉開一道小小的縫隙往外探看。

他仔細審視郵差，彷彿從來沒見過這個長年出現在古堡門口的男人。郵差樂天的臉龐上，生著和鄉下農民一樣看似狡獪的雙眼。

郵差笑著對他說：「是我呢，男爵先生，沒有別人會穿著我的襯衫，又戴上我的帽子來冒充郵差的。」

「誰曉得……」卡洪男爵低聲咕噥。

郵差遞給他一疊報紙，然後說：「男爵先生，這次還有別的東西。」

「別的東西？」

「一封信，而且還是掛號信。」

與世隔絕又無朋友的男爵從來沒收過信，他立刻開始緊張，這一定是個壞兆頭。他避居在古堡中，會有哪個神祕人士寫信給他？

「男爵先生，請您簽收。」

男爵邊發牢騷邊簽下自己的名字，接著，他收下信，看著郵差拐過彎，失去蹤影。他來回踱步之後才靠向拱橋的扶手，撕開信封。信封裡裝著一張方格信紙，最上面寫著「巴黎桑德監獄」，他再看向簽名：「亞森・羅蘋」。男爵震驚地開始讀信。

男爵閣下：

府上兩個廳堂之間的畫廊上掛著一幅讓本人十分欣賞的菲利普・尚帕涅③畫作，另外，您對魯本斯的品味與本人相仿，小幅的華鐸也頗得本人歡心。本人同時也注意到右側大廳中有一座路易十三時期的壁櫃、波維地區的壁毯、雅各賓簽名製作的帝政時期小圓桌，以及文藝復興時代的大衣箱；左側大廳的玻璃櫃裡還有不少珠寶和精巧的藝術品。

本人這次只要上述這些容易脫手的物件即可。請閣下在八日之內，妥善包裝這些物件，並且預先支付運費，寄到巴帝紐車站給亞森・羅蘋。否則，本人將於九月二十七日星期三的夜裡，親自前往府上取件。屆時，本人恐怕無法保證取走的物品是否限於上述清單。

本人謹此爲對閣下帶來困擾先行致歉，順頌大安！

亞森・羅蘋

附註：切勿將大幅的華鐸畫作一併寄出，閣下在拍賣會場以三萬法郎購得的這幅畫作其實是贗品，原作已於大革命之後的督政時期遭督政官巴拉斯在一場狂歡酒宴中焚燬，請參閱《賈拉回憶錄》。

本人對於路易十五時代的腰鍊並無多大興趣，對於這件作品是否爲眞，仍存疑慮。

這封信讓卡洪男爵大爲震撼。信上即使換個人署名，就已經夠讓人心驚膽跳的了，何況下戰帖的是亞森・羅蘋！

男爵經常在報紙上讀到竊案和犯罪的消息，對於亞森・羅蘋的通天本領，自是有所耳聞。當然了，他曉得羅蘋在美國被宿敵葛尼瑪探長逮捕，並且關入獄中等待起訴。然而他也知道羅蘋無所不能。羅蘋對古堡的認識，以及對畫作及家具擺設位置的瞭解，就足以教人提心吊膽；既然沒有人見過這些收藏，那麼他從何得知這些資訊？

男爵抬起雙眼，凝視瑪拉奇城堡令人生畏的外觀，古堡的磐石堅固，四周有深水環繞。男爵聳聳肩，不可能，絕對不會有危險，世上沒有任何人有本事潛入他的寶庫。

就算是沒人有能耐，那麼，亞森・羅蘋呢？亞森・羅蘋會把鐵門、吊橋和城牆看在眼裡嗎？如果他決心達成目標，再艱難的阻礙、再縝密的措施都擋不住他。

當天晚上，男爵寫了一封信給盧昂地區的檢察官，附上那封威脅意味濃厚的信函，尋求官方的保護。

他立即收到回函。檢察官表示，亞森・羅蘋目前人拘禁在桑德監獄裡，受到嚴密的監控，不可能有機會寫信；因此，經過合情合理的判斷，這應該純粹是一封詐騙的信函。然而爲了愼重起見，檢察當局仍然請來專家鑑識信上的筆跡，並且得到證實：雖然筆跡有相似之處，但並非羅蘋本人的字跡。

「雖然有相似之處」，男爵只注意到這句讓人擔心的話。對他而言，句中的猜疑就足夠迫使司法單位採取行動。他的恐懼越來越深，一遍又一遍地重讀著這封信。「本人將親自前往府上取件。」並且寫出了確切日期，也就是九月二十七日星期三的夜裡到二十八日凌晨之間！

寡言的男爵生性多疑，他認為僕人不夠可靠，也不敢太過信賴他們。這麼多年來，他第一次覺得需要傾訴，希望有人能提供建議。眼見司法單位背棄他，男爵於是決定憑藉自己的力量，到巴黎尋找退休員警協助。

兩天的時間一晃眼就過去，到了第三天，他在《科德貝克早報》上讀到一則令他雀躍不已的消息：

從警政單位退休的葛尼瑪探長旅居本地即將屆滿三個月。葛尼瑪探長在前一次行動中逮捕大盜亞森・羅蘋，在歐洲贏得美名，備受各界讚譽。探長來到本地享受垂釣之樂，休養生息。

葛尼瑪探長！他不正是卡洪男爵一心想找的警探嘛！還有什麼人比老練又有耐心的葛尼瑪更能打擊羅蘋？

男爵絲毫沒有猶豫，他滿心期待，立刻前往六公里外的小村落科德貝克。

幾經探訪之後，男爵仍然沒有找到葛尼瑪探長的落腳處，於是他來到位在堤防中央的《科德貝克早報》辦事處。他找到負責這篇報導的記者，記者走到窗邊，大聲說：「葛尼瑪嗎？他一定拿著釣竿在堤防邊釣魚。我就是在那兒碰到他，剛好一眼瞄到他釣竿上刻的名字。您看，就在那裡，就是河岸樹蔭下那個小老頭。」

「穿外套、戴草帽的那個人？」

「錯不了！不過，這傢伙很有個性，不愛說話，態度又粗魯。」

五分鐘之後，男爵來到這位名探長身邊，先自我介紹，試圖攀談。眼見葛尼瑪探長默無回應，男爵乾脆直接說出自己的情況。

探長靜靜聽他說話，視線沒離開過手邊誘捕的魚兒，接著，他突然轉過頭來，用憐憫的眼光上下打量男爵，說：「先生，小偷要下手行竊，絕對不會預先告知物主。尤其是亞森．羅蘋，他絕對不可能犯這種錯誤。」

「但是……」

「先生，假如我有絲毫的懷疑，相信我，我絕對樂意再次將親愛的羅蘋逮捕入獄。可惜啊，這個年輕人早就落網了。」

「他有沒有可能越獄？」

「沒有人逃得出桑德監獄。」

「但是他……」

「他和其他人一樣。」

「可是……」

「呃，如果他眞的越獄最好，我絕對會逮住他。在這之前，您可以高枕無憂，現在，先別嚇到我的魚。」

對話就此結束，男爵回到城堡。葛尼瑪絲毫不引以爲意，這讓他稍微安心了些。他仔細檢查門鎖，暗中監視僕人，轉眼間又過了四十八個小時，他幾乎要相信自己的擔心純屬多餘。葛尼瑪說得沒錯，竊賊在下手前不可能事先知會物主。

信上的日期越來越接近。星期二早上——也就是二十七日星期三的前一天，男爵沒有發現任何異狀。到了下午三點，有個小男孩上門按電鈴，帶來一封急電：

本人並未在巴帝紐車站收獲任何包裹，請您爲明晚預先做妥準備。

亞森・羅蘋

這封信再次使得男爵大感驚恐，開始考慮自己是否該向羅蘋讓步。

他一路跑到了科德貝克，葛尼瑪仍然坐在堤防邊的折疊椅上釣魚。男爵一句話也沒說，直接將電報遞給探長。

「接下來呢？」探長說。

「接下來？明天就是他指定的日子了！」

「什麼？」

「下手行竊的日子啊！來搜刮我的寶藏！」

葛尼瑪放下釣竿，轉身看著男爵，雙手環在胸前，不耐煩地大聲說：「您難道眞以爲我會插手管這椿愚不可及的蠢事？」

「如果我想要請您在二十七日晚上到我的城堡裡來一趟，請問您要怎麼收費？」

「一分錢也不必，您別來煩我就好了。」

「請您出個價，我很有錢，非常富有。」

男爵毫不客氣的說法讓葛尼瑪有些不悅，探長用較緩和的語氣又說了一次：「我來這裡是爲了渡假，再說，我也沒有權力多管……」

「不會有人知道的。我保證，不管發生什麼事，我都會保持緘默。」

「哎呀！不可能會有事的。」

「這樣好了，三千法郎夠不夠？」

探長掏出一撮菸草，深深地吸了一口氣，想了想，然後說：「好吧。只是我還是得老實說，您這把鈔票白花了。」

「我不在乎。」

「既然如此……是說，我們也不知道羅蘋這傢伙會變出什麼戲法！他一定養了一群手下……您的僕人可靠嗎？」

「這個嘛……」

「如果您有疑慮，就不必倚賴他們了。我來發封電報，叫兩個身強力壯的朋友來維護安全……好了，您可以離開了，別讓人看到我們在一起，明天晚上九點左右再見。」

*　　*　　*

隔天——也就是亞森・羅蘋指定的日子，卡洪男爵準備妥當，摩拳擦掌準備迎戰，他巡視了城堡的周遭，沒有發現任何可疑之處。

他在這天晚上八點半遣退了僕人，他們的房間在城堡深處的側翼，雖然面對著小路，但是較爲隱匿。一待身邊的人離開之後，男爵躡手躡腳地拉開四扇大門，隨後便聽到腳步聲接近。

葛尼瑪先向男爵介紹他的兩名朋友，這兩個壯漢頸子粗短，雙手強健。接著，他向男爵詢問細節，瞭解城堡內的配置，然後小心翼翼地關上門窗，堵住可能潛進大廳的出入口。探長拉開壁毯，仔細檢查牆壁，然後才將人手布置在兩間大廳中央的畫廊上。

「千萬不可大意，知道嗎？我們可不是來這裡睡覺的。只要有任何風吹草動，立刻打開面對內院的窗戶叫我。另外，你們也要注意面河的窗戶，儘管垂直的峭壁有十公尺高，恐怕還是嚇不倒敵人。」

探長將兩名手下鎖在畫廊裡，拿起鑰匙，然後對男爵說：「現在我們該回到崗位上了。」厚重城牆之間，有個可以同時看到兩扇大門的小隔間，他們選擇在這裡過夜。這個地方在過去曾是守衛室，朝拱橋和內院的方向各有一個窺視孔。這間守衛室的角落邊有一個像是水井的洞口。

「男爵先生，您說過的，這口井是地道唯一的入口，在很久以前就被封了起來，是嗎？」

「沒錯。」

「這麼說，除非亞森．羅蘋知道另一處無人知悉的出入口，要不然我們可以安心了。我得說，這絕無可能。」

探長將三張椅子靠在一起，舒舒服服地躺了下來，點起菸斗吸了一口，然後說：「男爵先生，說眞的，如果不是爲了在我那棟小房子加蓋一層樓，讓我好好度過退休後的人生，否則我才不會接下這種輕鬆的工作。哪天我講給羅蘋聽，他一定會捧腹大笑。」

男爵一點兒也不覺得好笑。他豎起耳朵仔細傾聽，四周一片寧靜，他卻越來越焦慮，還不時張大眼睛，探身觀察井口。

十一點過了，接著是午夜，最後，凌晨一點的鐘聲響起。

突然間，男爵一把抓住葛尼瑪的手臂，把探長嚇醒。

「您聽到了嗎？」

「有。」

「那是什麼聲音?」

「是我在打呼!」

「不是,您再仔細聽……」

「啊哈!我聽得很清楚,是汽車喇叭聲。」

「所以呢?」

「所以呢,羅蘋不可能拿汽車當作撞破城牆的工具,拆散您的城堡。還有啊,男爵先生,換成我是您,我一定會好好睡個覺……我現在就打算這麼做。晚安。」

這是整個夜裡唯一的狀況。葛尼瑪繼續睡大覺,除了老探長平穩的鼾聲之外,男爵什麼也沒聽到。

天剛亮,兩人走出小小的守衛室,外面一片寧靜,清新的河水環繞在城堡下,這個早晨顯得十分平和。卡洪男爵滿心歡喜,葛尼瑪探長仍然一派安詳,兩個人一起爬上階梯。城堡裡半點聲音也無,更不可能有可疑的地方。

「男爵先生哪,我是怎麼告訴您來著?我根本不該接受……真是太慚愧了……」

他掏出鑰匙,開門走進畫廊。

探長的兩個手下分別彎身坐在兩張椅子上,雙手下垂,竟然正呼呼大睡。

「該死的傢伙!」探長大吼。

就在同一時候，男爵失聲高喊：「我的畫！我的壁櫃！……」

他激動得說不出話，伸出雙手指著空無一物，只剩下掛釘和掛繩的牆面。華鐸的作品不見蹤影！魯本斯的畫作全數消失！壁毯被人掀走，玻璃櫃裡的珠寶藝品不翼而飛。

「還有路易十六時期的大型燭台！攝政時代的小燭台！十二世紀的聖母像……」

男爵驚慌失措，來回奔跑，一籌莫展。他開始回想當初蒐購這些作品的價格，加總損失的金額，一陣混亂之中，他連話都說不清楚。他氣得跺腳，捶胸頓足，既憤怒又痛苦，簡直就像個面臨破產的人，除了自盡之外，別無解決方式。

如果說，有什麼事足以讓男爵略感欣慰的，那麼就只剩下葛尼瑪目瞪口呆的表情。探長的態度和男爵迥異，他無法動彈，楞楞地用茫然的雙眼檢視畫廊。窗戶？好好的關著。門鎖？完全沒被破壞。天花板上沒有缺口，地上也沒洞，一切和平常沒有兩樣。竊盜的手法絕對經過縝密的設計，簡直是天衣無縫。

「亞森・羅蘋……亞森・羅蘋……」探長喃喃自語，幾近崩潰。

他突然衝向兩名手下，難嚇的怒氣終於爆發，他用力搖晃手下，出言怒罵。但是這兩個人竟然還醒不過來。

「該死，」他說：「難道這……」

他湊上前去仔細觀察兩個人，他們還在睡覺，但是卻不像處在自然的睡眠狀態中。

他對男爵說：「他們被下了藥。」

「會是誰？」

「哈！當然是那個混帳東西！要不然就是他的同黨，但肯定是他下的指示。這是他的手法沒錯，再清楚不過了。」

「如果眞的是這樣，那麼我們無計可施了。」

「的確如此。」

「這簡直是膽大包天，胡作非為！」

「去提出告訴吧。」

「會有什麼用？」

「眞該死！再怎麼樣也得試試看……司法單位應該……」

「司法！您自己又不是沒看到……您看看，這時候您也許還能找出一些線索，但是您卻動也不動。」

「找出亞森・羅蘋留下來的證據？我親愛的男爵先生，您難道不知道亞森・羅蘋絕對不會留下任何蛛絲馬跡嗎？他不可能有所疏漏！我現在不得不開始懷疑，當初在美國，他是不是故意布局讓我逮捕他！」

「難道我得平白放棄我的名畫和收藏？他拿走的都是珍品，是我散盡萬金才買來的寶藏。我決定提出重賞，找回這批收藏品，誰有辦法，誰就能開價！」

葛尼瑪緊緊盯著男爵看。

「說得好！您該不會收回這句話吧？」

「不，絕對不會。但是，您爲什麼要這麼問？」

「我有個方案。」

「什麼方案？」

「假如司法單位眞的調查不出結果，我們再談……但是您要記得，如果您希望我的方案行得通，就千萬不要提到我。」

他咬著牙補充：「再說，這件事實在太丟臉。」

葛尼瑪的兩名手下逐漸恢復意識，他們神情呆滯，彷彿剛從催眠當中醒來，驚訝地張開雙眼，急著想弄清楚狀況。在葛尼瑪的質問之下，他們表示自己什麼也不知道。

「但是你們總該看到了什麼人吧？」

「沒有。」

「再想一下。」

「沒有，眞的沒有。」

「你們有沒有喝下什麼東西？」

兩人想了一下，其中一個人回答：「有，我喝了一點水。」

「這個水瓶裡的水嗎？」

「是的。」

「我也喝了。」另一個人接著說。

葛尼瑪聞了聞水的味道，然後試了一口。這瓶水沒有特別的味道。

「夠了，」他說：「這是在浪費時間，我們不可能在五分鐘之內解開亞森・羅蘋布下的謎團。不管如何，我發誓一定要逮住他。他不過是贏了第二回合，最後的勝利終將會屬於我！」

同一天，卡洪男爵對關在桑德監獄裡的亞森・羅蘋，提出了竊盜的控告。

*　　　*　　　*

其實，當男爵看到大批警力、檢察官、法官、記者和好奇人士侵入原本是禁地的瑪拉奇城堡時，便十分懊悔自己提出了控訴。

這樁竊案大爲轟動，不但作案方式極爲特殊，亞森・羅蘋之名更是引發無限的想像，報紙上荒誕誇張的故事竟然讓讀者信以爲眞。

《法國迴聲報》不知從何取得那封由亞森・羅蘋署名、寄到卡洪男爵手中的威脅信函，這則報導也引起廣泛的注意。信函一刊登之後，立刻冒出許多解釋，大家想起城堡內著名的地道，檢察官受到這些說法的影響，也朝著這個方向偵察。

檢方翻箱倒櫃，搜遍了整座城堡，沒放過任何一吋土地，連木作壁板、壁爐、窗框和天花板的梁木都沒有遺漏。大夥兒手持火炬，來到瑪拉奇歷代堡主儲存火藥和存糧的地窖，檢查岩石縫隙。然而這些搜索毫無結果，沒有人找到殘存的地道遺跡，祕密通道根本不存在。

儘管如此，城堡裡的家具和名畫不可能憑空消失，一定是從門窗送出去的，搬運的人一樣也得從這些地方出入。這些人究竟是什麼身分？怎麼潛入城堡，又是怎麼離開？

盧昂地區的檢察官自認能力不足以應付，因此要求巴黎提供協助。警察總局局長帝杜伊派來最精銳的警探，且親自到瑪拉奇坐鎮四十八小時。同樣的，他也是一無所獲。

眼見案情毫無進展，局長決定調派愛將葛尼瑪探長。

葛尼瑪靜靜聆聽長官的指示，接著點點頭說：「我認爲大家不該只搜索城堡，答案不在這裡。」

「那麼要上哪裡尋找答案？」

「得去找亞森・羅蘋。」

「亞森・羅蘋！如果我們這麼做，不就等於承認他犯案？」

「的確如此。而且，我還深信不疑。」

「聽我說，葛尼瑪，這太荒唐了。亞森・羅蘋在監獄裡啊！」

「亞森・羅蘋是在獄中沒錯。我也同意您的說法，他在嚴厲的看管之下。但是，就算他上了腳鐐、手銬外加塞住嘴巴，我也不會改變自己的判斷。」

「您爲什麼這麼堅持？」

「因爲只有亞森・羅蘋能將整個計畫執行得滴水不漏，並且成功達到目標。」

「您這只是說說罷了，葛尼瑪。」

「但是說的是實情。就這樣吧，我們不必再去尋找地道或石頭機關設計這類無稽之事。我們的對手不會玩這麼老套把戲的，他是活在現代的人，甚至比大家的想法都還要先進。」

「所以，您有什麼結論？」

「我決定請您同意，讓我和他會面一小時。」

「在他的囚室裡？」

「是的。從美國押解他返回法國的途中，我和他相處甚歡，而且我敢說，羅蘋對於逮捕他的人絕對有相當程度的好感。在不認罪的狀況之下，他肯定不會讓我白跑一趟。」

葛尼瑪抵達亞森・羅蘋囚室的時候，時間剛過中午。羅蘋躺在床上，抬頭看到探長，不禁高興地喊了一聲。

「啊哈！眞是個意外的驚喜。這不是親愛的葛尼瑪嘛！」

「正是在下。」

「我雖然自願來這裡避居，但是仍然免不了期待……能看到您，我眞是太高興了。」

「太客氣了。」

「不要這麼說，我眞的很推崇您。」

「這是我的榮幸。」

「我一向認爲葛尼瑪乃是一流的探長，地位與福爾摩斯相當，您瞧，我多麼心直口快。眞抱歉，除了這張凳子之外，我沒辦法好好招待，連飲料或啤酒都沒有。請恕我招待不周，畢竟，這裡只不過是我暫時的棲身之處。」

葛尼瑪面帶微笑坐下，羅蘋高高興興地繼續說話：「老天爺，能看到一張正直的臉孔眞好。我眞是受夠了那些鬼鬼祟祟的奸細，他們一天出現不下十趟，檢查我的口袋和這間簡單的牢房，確定我沒打算越獄。眞是的，政府何必這麼看重我！」

「會這麼做也是有道理的……」

「話不是這麼說！我最高興的莫過於大家都別來打擾！」

「反正花的是別人的錢。」

「可不是嗎？事情不過就這麼簡單！我太多話了，盡是胡說八道，您也許急著走。好了，葛尼瑪，無事不登三寶殿，您來看我究竟有何指教？」

「卡洪竊案。」葛尼瑪完全不拐彎抹角。

「停，等一下……我手上的案子太多了！我先想想卡洪是哪個案子……啊，有了，我知道了，塞納河下游瑪拉奇城堡的卡洪案。兩幅魯本斯的畫作、一幅華鐸，還有一些微不足道的小東西。」

「小東西！」

「哎呀，那些東西實在沒啥價值，還有更好的呢！但是既然您有興趣……說吧，葛尼瑪。」

「需要我對你說明狀況嗎？」

「不必，我早上讀過報紙。恕我老實說，你們的進展實在太慢。」

「就是這樣，我才會來請你幫忙。」

「我一定有問必答。」

「首先我想要知道，這件案子究竟是不是你策劃的？」

「從頭到尾都是。」

「那封警示信和電報也是？」

「都是在下。我應該還留著收據。」

羅蘋打開小木桌的抽屜，拿出兩張揉成一團的紙條交給葛尼瑪。這張白色的小木桌，加上矮凳和床鋪，便是牢房裡僅有的家具。

「怎麼可能！」葛尼瑪大聲說：「我以爲你受到嚴密的監督，還得搜身，結果你不但有報紙可讀，還留著郵局的收據……」

「哎！這些傢伙太蠢了！他們拆開我外套的襯裡，還檢查我的靴底，沒事還敲打牆壁看我有沒有把東西藏在裡頭，他們根本沒有想到亞森・羅蘋會把東西收在最明顯的地方。我早就看穿了他們的心思。」

葛尼瑪顯然覺得有趣，他說：「好小子！算你行。來，把故事說來聽聽吧！」

「哈哈，您眞是得寸進尺啊，想摸清楚我的祕密是吧……讓您全知道了還得了。」

「你剛才不是很願意幫忙嗎？」

「是啊，葛尼瑪，如果您這麼堅持的話……」

亞森・羅蘋在牢房來來回回踱步，然後停下來說：「您覺得我給男爵寫信有什麼用意？」

「我覺得你只是找樂子，想要耍大家玩。」

「說得好，耍大家玩！喂，葛尼瑪，我本來還以爲您有多幹練呢。我亞森・羅蘋怎麼會浪費時間要這麼幼稚的把戲呢？你們要弄清楚，這封信是啓動整個計畫不可或缺的關鍵。來，假如您願意，我們可以一起從頭開始策劃這樁瑪拉奇城堡的搶案。」

「我洗耳恭聽。」

「好，我們得先假設有座城堡和卡洪男爵的城堡一樣門禁森嚴。難道我要因爲這樣，就放棄我所覬覦的寶藏嗎？」

「當然不會。」

「還是說，我要像古代人一樣領著一群嘍囉去攻堅嗎？」

「又不是小孩子騎馬打仗！」

「您覺得我會偷偷摸摸潛進城堡嗎？」

「不可能。」

「所以，我只剩下一個方法。依我看，這個方法還算獨到，就是讓城堡主人自己邀請我到他家裡去。」

「的確很有創意。」

「況且又簡單！我們現在假設，某天，這個城堡主人收到了一封信，預先告知了聲名狼藉的怪盜亞森・羅蘋正在打他的主意，那麼他會怎麼做？」

「把信拿去交給檢察官。」

「然後被狠狠取笑一頓，因爲所謂的怪盜羅蘋這個時候明明就關在監獄裡。所以啦，驚慌失措的城堡主人一定會就近尋求協助，對吧？」

「這是當然。」

「這時候，假如城堡主人剛好在當地小報上看到某位名探長來到附近地區渡假……」

「他絕對會直接去找這位警探。」

「您說對了。但是，我們必須承認，爲了做到這一點，亞森・羅蘋必須事先請個機伶的朋友住到科德貝克去，並且和當地早報——也就是男爵訂閱的《科德貝克早報》編輯套好關係，讓編輯相信他就是著名的探長。您說，接下來有什麼發展呢？」

「編輯會在早報上報導這名探長在科德貝克現身。」

「好極了，接著只可能有兩種狀況，一是我們要誘捕的魚兒不上鉤——我這是說卡洪男爵，如果真是這樣，那就什麼事也沒有。第二種狀況是最有可能發生的情形，男爵彷彿找到了救星，跑來找探長。如此一來，我的目標卡洪男爵不正是引狼入室，找我安排好的朋友來對付我！」

「越來越精采了。」

「這是當然，冒牌警探一開始先是拒絕。這時候亞森．羅蘋又發了封急電給男爵，於是男爵只好再次向我的這個朋友求助，並且提供豐厚的酬勞。這個朋友接受請託，帶著同夥的兩名壯漢住進城堡。當天晚上，由冒牌警探負責監視卡洪男爵，這兩名壯漢將部分物品綑綁妥當，從窗戶吊出去，一艘租來的小船就等在外頭接應。整個計畫和羅蘋本人一樣簡明扼要。」

「簡直是妙極了！」葛尼瑪驚呼，「這個想法夠大膽，細節眞縝密，我太佩服了。但是我想不出哪位探長有這麼響亮的名聲，連男爵也沒辦法抗拒。」

「絕對有，而且只有一位。」

「是誰？」

「就是亞森．羅蘋大名鼎鼎的敵人，呃，不就是葛尼瑪探長！」

「我！」

「就是您，葛尼瑪。最精采的還在後頭，假如您到了瑪拉奇城堡，而且男爵決定說明整個故事，您會發現您的責任是緝捕您自己，就像您在美國逮捕我一樣。哈！這個復仇計畫還眞幽默，我要葛尼瑪去逮捕葛尼瑪！」

亞森・羅蘋開心地笑了出來，探長氣得咬緊嘴唇，不發一語。這種玩笑在他看來似乎一點也不有趣。

這時剛好有名獄卒出現，讓探長稍微振作了起來。獄卒爲亞森・羅蘋送來午飯，透過某種特殊關係，這頓飯還是特地從附近的餐廳裡訂來的。獄卒把餐盤放在桌上，然後離開。亞森・羅蘋毫不客氣地坐下來享用，剝開麵包吃了幾口，然後說：「放心啦，我親愛的葛尼瑪，您不必去的。讓我來告訴您一件事，您肯定會大吃一驚。卡洪這件案子再過不久就要結案了。」

「什麼？」

「我說啊，馬上就要結案了。」

「別唬我了，我才剛離開局長的辦公室。」

「所以呢？難道帝杜伊先生會比我更清楚我本人的事嗎？您馬上會知道的，葛尼瑪——冒牌葛尼瑪——和男爵保持著很好的關係。男爵委託他來跟我協議，打算拿出一筆錢贖回他的收藏，也就是因爲這樣，男爵才不可能說出你的事。我的交換條件是男爵必須撤回告訴，這就是說，這樁竊案結束了，檢方沒理由繼續找我麻煩……」

葛尼瑪目瞪口呆地瞪著羅蘋看。「你怎麼知道？」

「我一直在等電報，剛剛才收到。」

「你收到電報？」

「親愛的朋友，才剛收到呢！爲了禮貌起見，我不想在您的面前讀。但是，如果您不介意……」

「你這是在作弄我，羅蘋！」

「我親愛的朋友啊，請您輕輕敲開這顆蛋自己看看，我絕對不是在開您玩笑。」

葛尼瑪不由自主地順從他的指示，拿起刀柄敲開蛋殼。他驚訝地喊了一聲，空心蛋殼裡藏著一張藍色的紙條。亞森・羅蘋要他打開紙條。這是一封電報，不，應該說是一段撕去了收文郵局資料的電文：

達成協議，十萬法郎入袋，一切順利。

葛尼瑪說：「十萬法郎？」

「沒錯，就是十萬法郎！金額不大，但是話說回來，現在的時局不算好……我的日常支出相當龐大！哎，如果您知道我的開銷有多大……簡直可以媲美一座大城市了！」

葛尼瑪站起身來，方才的怒意已經退去。他在腦子裡迅速地檢視了整件事，想找出破綻。接著他開口說話，語氣中充滿行家的敬意。

「幸好，像你這樣的人物不多，否則警察根本毫無用武之地了。」

亞森・羅蘋謙虛地說：「我還能說什麼呢？人總是要找點樂子，再說，如果我沒有被關在牢裡，這個計畫還眞行不通哪。」

「什麼！」葛尼瑪大聲說：「你的訴訟案、辯護、審訊還不夠你忙嗎？」

「是啊，因爲我決定不出庭。」

「天哪！」

亞森・羅蘋從容地重複自己的話：「我不會出席自己的審判。」

「你當眞！」

「親愛的朋友，您該不會以爲我打算在這堆潮濕發霉的草蓆上躺到老死吧？您這簡直是侮辱我。亞森・羅蘋在監獄裡高興留多久就留多久，一分鐘不多，一分鐘也不少。」

「那麼，你在一開始就該小心點，別進到裡面來。」探長諷刺地說。

「哈！這位先生在嘲笑我！可能是忘了當初怎麼逮到我的。親愛的朋友，您要知道，如果我不是在那個關鍵時刻爲了某位重要人士分心，任何人——包括您在內，都不可能碰到我一根汗毛。」

「我才不相信。」

「當時，我心愛的女子正凝視著我。您知道這是什麼滋味嗎？我可以發誓，其他的一切都不重要了。這就是我爲什麼會進到獄中的原因。」

「容我說句話，你已經進來很久嘍！」

「剛開始，我想遺忘。您別笑，這段歷程讓人神迷，我還保留這些柔情的思念……再說，我的神經有點衰弱！我們的日子過得太緊湊了！要知道，有時候還是得與世隔離，休養生息。這個地方眞是再理想不過了，可以嚴格執行對健康有益的療養。」

「亞森．羅蘋，」葛尼瑪說：「你在開我玩笑。」

「葛尼瑪，」羅蘋信誓旦旦地說：「今天是星期五。下禮拜三下午四點，我會帶著雪茄，到您在貝戈列斯街上的家裡去看您。」

「亞森．羅蘋，我等你來。」

兩個人握手道別，彷彿互相敬重的密友。老警探走向門口。

「葛尼瑪！」

探長回過頭。

「什麼事？」

「葛尼瑪，您忘了拿錶。」

「我的錶？」

「對，怎麼搞的，您的錶怎會跑到了我的口袋裡面。」

他滿懷歉意地將錶歸還給葛尼瑪。

「眞是抱歉……這是壞習慣……不是因爲他們先拿走了我的錶，我才會拿您的來用。何況，我這裡有一只很好的碼錶，我實在沒什麼好抱怨的。」

他從抽屜裡拿出一只厚重的大型金錶，這只懷錶看起來很實用，還繫著一條粗鍊子作爲裝飾。

「這只錶又是從誰的口袋裡跑過來的？」葛尼瑪問道。

「J・B……這又是誰？……啊，有了。我想起來了，居爾・布維爾，預審庭的法官，他眞是個好人……」

譯註：

①Jean-Antoine Watteau，一六八四——一七二一，出生鄉下貧苦工匠家庭，後成為法國皇家美術院院士，受魯本斯影響極大，是為十八世紀法國洛可可時期的代表性人物。

②Jean Goujon，一五一〇——一五六五，法國文化復興時期雕塑界代表性人物，曾參與羅浮宮的建造與裝飾。

③Philippe de Champaigne，一六〇二——一六七四，出生於布魯塞爾的法國古典畫派畫家，以風景、肖像及宗教畫見長。

chapter 3

亞森·羅蘋越獄

亞森·羅蘋用完餐，從口袋裡掏出雪茄，正在得意洋洋檢視這支嵌著小金環的雪茄時，牢門突然打開。他及時將雪茄扔進抽屜，然後離開桌邊。獄卒走進來，原來是犯人散步的時間到了。

「親愛的朋友，我正等著你呢！」羅蘋說道，他仍然保持慣有的好心情。

兩個人走出牢房，才剛拐彎踏上走廊，就有另外兩個人偷偷潛進羅蘋的牢房裡四處搜索。他們是杜西警探和佛朗方警探。

他們想把事情做個了結。毫無疑問，亞森·羅蘋可以得到外界的消息，和他的黨羽依然保持聯絡。前一天的《要聞報》甚至還刊登了他寫給法律新聞記者的一封短箋：

敬啓者：

貴報近日刊登了一篇有關本人的不實報導。本人將於開庭前登門拜訪，要求澄清。

謹祝大安！

亞森・羅蘋敬上

這封信的確是羅蘋的字跡。這證明他能寄信，也能收信，更代表他毫不避諱，正在策劃這場高調的越獄行動。

這個情況讓人無法忍受。經過預審法官的同意，警察總局局長帝杜伊親自到桑德監獄，向典獄長說明應該採取的必要措施。他一抵達桑德監獄，立刻派遣兩名手下到羅蘋的牢房裡搜索。

他們撬開地上鋪的石板，拆解床鋪，以幹練的手法翻找，但是卻一無所獲。他們正打算向長官報告搜查的結果，這時候獄卒上氣不接下氣地跑過來對他們說：「抽屜……要檢查桌子的抽屜。我剛才進來的時候，好像看到他關上抽屜。」

拉開抽屜檢查之後，杜西警探喊道：「好傢伙，這次我們可逮到他了！」

佛朗方警探連忙阻止他。「等等，伙伴，這得由局長來清點。」

「但是，裡面的高級雪茄……」

「放下那支哈瓦那雪茄，我們先去報告局長。」

兩分鐘之後，帝杜伊局長親自來檢查抽屜。他在裡面找到一疊出自《新聞摘選》、關於羅蘋的剪報，一個裝菸草的小袋子、一支菸斗、一些薄如洋蔥膜的紙，還有兩本書。其中一本是卡萊爾①的英文著作《英雄與英雄崇拜》，另一本是一六三四年由書商艾澤維在萊德出版的《愛比克泰德手冊》德文譯本。局長翻閱這兩本書，注意到有的書頁上有摺痕，有的句子劃了線，還有些加註。這會不會是某種暗號，或者羅蘋單純只是認眞研讀？

「我們得好好研究一下。」帝杜伊局長說。

隨後他檢查菸草袋和菸斗，拿起金環雪茄，大聲說：「眞是想不到啊！我們這位朋友過得眞愜意，這竟然是上好的亨利・克萊雪茄！」

嗜菸的局長下意識地把雪茄拿到耳邊捻動，接著驚呼了一聲，原來雪茄在他指頭捏壓之下變得鬆軟。他仔細檢查，發現菸草裡夾著一樣白色的東西。他用一支別針輕輕挑出一卷細如牙籤的小紙軸，紙條上是女人纖細的字跡：「八個籃子裡有八個取代完畢，以腳往外推踩，鑲板可由上往下取出。H・P將在每日十二至十六準時等待，速通知地點。請放心，您的友人都在關心。」

帝杜伊局長想了一下，然後說：「夠清楚了。籃子，八個隔間，十二至十六指的是從中午到下午四點。」

「這個等候的H・P是什麼人？」

「H・P應該是指車子的馬力，汽車術語裡不都用這兩個縮寫字母來代表馬力嗎？二十四

H・P就是指二十四匹馬力的汽車。」

他站起身子，開口問道：「犯人用過午飯了嗎？」

「是的。」

「依照雪茄的狀況來看，他應該還沒有看過這張紙條，他可能剛收到。」

「他怎麼拿到的？」

「也許夾雜在這些東西當中，夾藏在麵包或馬鈴薯裡面，我怎麼知道？」

「不可能，我們同意讓他從外面的餐廳叫食物進來，是爲了引他上鉤，但結果什麼也沒找到。」

「我們晚上再回來找羅蘋的回覆，現在，暫時先讓他離開牢房。我要把這張紙條拿給預審法官看，如果他同意，我們立刻翻拍下這封信的照片，你們在一個小時之內就要將這封信放進新的雪茄裡，和其他東西放在一起。絕對不可以讓羅蘋起疑。」

當天晚上，杜西警探陪著好奇的帝杜伊局長回到桑德監獄一探究竟。監獄辦公室的角落裡有三個盤子疊放在火爐邊。

「他吃過了嗎？」

「是的。」典獄長回答。

「杜西，把這些剩下來的通心麵切開，剝開圓麵包……沒有嗎？」

「報告局長，沒有東西。」

帝杜伊局長先檢查盤子，然後是叉子、湯匙和制式的圓刃餐刀。局長先將刀柄往左轉，當他接著將刀柄向右轉的時候，刀柄脫落了下來。空心的刀刃裡藏著一張紙條。

「哼！」他說：「羅蘋這麼狡猾的傢伙竟然只想出這種伎倆。我們不必浪費時間，杜西，你去盤問餐廳的人。」

紙條上寫著：「仰賴您安排，H・P每天都遠遠跟著。我會上前會合。期待不久後與親愛的好友見面。」

「終於找到了，」帝杜伊局長摩拳擦掌，拉高了嗓門說：「就我看，事情進行得非常順利。我們只需要稍微推波助瀾，羅蘋的越獄計畫絕對會成功……如此一來，我們就可以將所有共犯一網打盡。」

「萬一不小心讓亞森・羅蘋得逞呢？」典獄長表示抗議。

「我們會部署好足夠的人手。如果他再使出什麼狡猾的伎倆……嘿，那麼他只有等著瞧！至於他的手下，如果首領不肯據實以供，黨羽一定會老老實實招出來的。」

*　　*　　*

事實上，亞森・羅蘋說得不多。幾個月以來，預審法官居爾・布維爾費盡心思，卻一無所獲，審訊過程成了法官和唐瓦律師之間毫無實質意義的攻防戰。唐瓦律師雖然是一名傑出的辯護律師，但是對於他的當事人認識同樣極爲粗淺。

出自於禮貌，亞森・羅蘋偶爾會說：「是的，法官，我承認里昂信貸銀行和巴比倫街的搶案，以及銀行假鈔案、保險詐欺案、阿爾梅尼城堡、古黑堡、安布凡堡、葛塞萊堡、瑪拉奇城堡這些地方的案子，全都是本人犯下的。」

「那麼，能不能請您說明……」

「多說無益，我全都承認，如果您還要再加上個十倍罪名，我也全都認了。」

法官厭倦了爭執，於是只好暫停毫無意義的審問。但是在得知警方攔截下羅蘋對外聯繫的兩張紙條之後，法官重啓審訊。亞森・羅蘋通常在中午時分與其他幾名人犯一起搭乘囚車由桑德監獄前往拘留所，一去就是三、四個小時之久。

在某個下午，這例行程序卻有了改變。在桑德監獄其他人犯還沒有接受審訊之前，獄方便決定先將羅蘋送回監獄，因此羅蘋獨自搭乘囚車。

囚車有個俗名，叫做「菜籃」，車身有中央走道分隔，左右兩側各有五個隔間，總共十間。犯人在狹小的隔間裡只能端坐在隔間裡的位置上，走道盡頭安排了一名警衛負責鎮守。

羅蘋被帶進右側的第三個隔間裡，沉重的囚車隨後開動。他知道車子駛離了鐘樓堤岸，經過法院前方。當車子行進到聖米歇爾橋中間的當頭，他和每次搭乘囚車的時候一樣，用右腳用力踩下隔間底部的鋼板。這次，有個東西隨著他的動作打開，鋼板緩緩掀了開來，羅蘋發現自己所在的隔間位置就在囚車前後車輪的上方。

他全神貫注，觀察戒備。囚車來到聖米歇爾大道，在聖日耳曼交叉口處停了下來，原來是路口有輛載貨馬車倒了下來。路上的交通立刻阻塞，馬車和汽車都塞得一團混亂。

亞森・羅蘋彎腰從車底探出頭往外看，另一輛囚車停在他搭乘的這輛旁邊。接著，他從車底鑽出來，踩在輪軸上跳落地面。

一名馬車伕看到他，忍不住放聲大笑，開口喊叫，但是交通恢復正常運作，隆隆的車聲蓋過馬車伕的聲音。何況，亞森・羅蘋早已跑遠。

羅蘋先是跑了幾步路，接著在左邊的人行道上轉過身來環顧四周，似乎在觀察地勢，彷彿不確定該朝哪個方向前進。接著，他做出決定，把雙手插在口袋裡，漫不經心地緩步順著聖米歇爾大道往上走。

這個秋日的天氣十分舒適宜人，咖啡館裡坐滿了人，他選了個露天咖啡座坐了下來。

他點來一杯啤酒和一包菸，小口喝完啤酒，悠閒地抽了一支菸，接著又點燃第二支香菸。最後，他站起身，要侍者請老闆過來。

老闆過來之後，亞森・羅蘋用在座所有人都聽得到的音量說：「先生，眞是抱歉，我忘了帶錢包。我是亞森・羅蘋，不知道這個名號是否足以讓您寬限我過幾天再來付帳。」

老闆盯著他看，當他在開玩笑。但是亞森・羅蘋又說了一次：「就是羈押在桑德監獄裡的羅蘋啊，目前在逃。希望這個名字能贏得您的信心。」

說著，他在一陣訕笑聲中離去，咖啡館的老闆沒來得及提出異議。

他斜斜穿過蘇弗洛路，轉進聖賈各路。他一派悠哉，不時停下腳步觀賞櫥窗，一邊抽著菸。來到皇港大道之後，他先向人問路，然後直接走向桑德路。沒走幾步路，陰森的高牆就出現在眼前。他沿著圍牆走到警衛崗哨旁，脫下帽子問：「請問這裡是桑德監獄嗎？」

「是的。」

「我想回牢房去。囚車把我放在半路上，但是我不想太放肆……」

警衛低聲咒罵：「這位先生，您儘管走您的路，快點走開！」

「眞是抱歉！但是我要走的路得穿過這扇門。如果您不讓亞森・羅蘋進去，朋友啊，您可是會惹上一身麻煩的。」

「什麼亞森・羅蘋，眞是胡說八道！」

「可惜我沒帶名片……」羅蘋翻找口袋，一邊說話。

警衛滿臉疑惑，上下打量羅蘋，接著悶聲不吭，不甘不願地按下門鈴，鐵門隨即打了開來。

幾分鐘之後，典獄長跑到外面的辦公室來，故作氣憤地指責羅蘋。羅蘋笑著說：「夠了，典獄長，別跟我耍手段。怎麼著，你們刻意讓我單獨搭車，還製造交通事故，以爲我會急急忙忙跑去和友人相會！呵，何況還有二十多個警察人員，有的走路，有的駕駛馬車，還有人騎著腳踏車跟在我身邊呢！這根本就是設計好的圈套，我根本不可能活著逃掉！我說啊，典獄長，你們是不是心存這個打算哪？」

他聳聳肩，繼續說：「典獄長，您行行好，別再插手管我的事了。就算哪天我真想越獄，也不會麻煩到任何人。」

過了兩天，儼然成了羅蘋官方代言人的《法國迴聲報》——有人說，羅蘋是這份報紙的大金主——鉅細靡遺地報導出這次越獄行動的細節，包括羅蘋與女性友人的紙條和祕密傳遞的方式、警方的密謀、羅蘋在聖米歇爾大道上的漫步，以及發生在蘇弗洛路咖啡館內的插曲，絲毫沒有遺漏。讀者全都知道杜西警探沒能從餐廳的侍者身上問出任何訊息；此外，大家也得知羅蘋掌握了許多資源，他的黨羽竟然能夠偷天換日，取代監獄六輛囚車其中的一輛。

大家都深信亞森・羅蘋絕對有能力再度越獄，他本人也明確證實了這一點。事件發生的第二天，當布維爾法官出言嘲笑這次失敗的行動時，羅蘋直視法官，冷冷地回答：「法官先生，您聽好，請您相信這次的嘗試是整個越獄行動的一部分。」

「我不懂。」法官仍然在嘲笑他。

「您不需要瞭解。」

由於《法國迴聲報》總是會刊登法官的審訊內容，於是法官一再地詢問，然而羅蘋只是厭煩地大聲說：「老天爺，這有什麼用！這些問題根本就不重要。」

「怎麼會不重要？」

「當然不重要，因爲我根本不會出席這場審判。」

「您不會出席……」

「不會，我早就決定了，而且絕對不會改變。」

日復一日，羅蘋毫不避諱地表現出勝券在握的態度，這讓執法單位大爲氣惱。有些祕密只有羅蘋才知道，因此，除了他之外，沒有任何人能夠說出線索。但是他爲什麼要說出來？又將如何實現？

某天晚上，獄方決定將亞森・羅蘋換到樓下的另一間牢房裡。另一方面，法官也完成了審訊，將案件發還給檢方。

整件案子沉寂了兩個月，亞森・羅蘋鎮日躺在床上，幾乎一直面對著牆壁。換了牢房似乎讓他十分沮喪，他不願與律師見面，也幾乎不和獄卒交談。

到了審判日的兩個星期之前，他似乎又恢復了生氣。他抱怨牢房裡面太悶，於是獄方在大清早讓他到庭院裡散步，還調派兩名獄卒監視。

在這段期間裡，大眾對於這次審判的好奇並沒有消退，每天仍然期待越獄成功的消息，羅蘋以他的氣魄、感染力、變化多端的面貌、出奇創新的想法和神祕的生活，深受大眾喜愛。亞森・羅蘋必須逃脫，這是必然的事實。如此不斷地拖延，已經讓大家十分意外。警察局長每天早上都會問祕書：「怎麼樣，他人還沒走嗎？」

「報告局長，還沒有。」

「那麼，明天再等著看囉！」

審判前夕，《要聞報》的辦公室裡來了個男人，要求和法律新聞記者見面，他扔下一張卡片後就急忙離開。卡片上寫著：「亞森·羅蘋絕不食言。」

*　　*　　*

在這樣的氣氛之下，法庭終於開庭了。

旁聽的人潮將法庭擠得水洩不通，每個人都想親眼目睹大名鼎鼎的亞森·羅蘋，也想比其他人更早看到他藐視嘲弄法官的風采。律師、法官、記者、社交名流、藝術家、名媛貴婦，幾乎整個巴黎的人都擠進了旁聽席。

這天下著雨，天色陰暗，當警衛將亞森·羅蘋帶進來的時候，旁聽席上的人們幾乎看不清楚他的臉。他的動作遲鈍，就座的方式笨拙，表情漠然，實在讓人難以心存好感。原本的唐瓦律師認爲自己太過屈就，於是改派祕書來幫羅蘋辯護，好幾次都是這名辯護律師代表羅蘋發言，而他本人卻只是低著頭，噤聲不語。

書記官朗讀了起訴書，接著庭長發言：「請被告起立，說出您的姓名、年齡和職業。」

眼見被告沒有反應，庭長重複了一次：「請說出您的姓名？我在問您的名字。」

這名被告用沙啞疲憊的聲音說：「戴西雷・波杜。」

旁聽席上傳來竊竊私語的聲音。庭長繼續問話：「戴西雷・波杜？啊，又換了個新的身分啦！這大概是您的第八個化名了，一定也是和其他的身分一樣，純屬虛構。麻煩您，還是用亞森・羅蘋這個名字好嗎，聽過這個名號的人比較多。」

庭長翻閱檔案，繼續說：「因爲呢，不管怎麼找，我們仍然無法查明您的眞實身分。您是這個現代社會的特例，竟然查不到半點過去。我們不知道您是誰，是哪裡人，在哪兒度過童年，總歸一句話：我們對您一無所知。三年前，您突然憑空出現，自稱亞森・羅蘋，是個聰明卻墮落，敗德卻慷慨的怪異組合。我們對您在這段時間之前的認識純屬臆測。八年前跟在魔術師迪克森身邊的羅斯塔可能是亞森・羅蘋。六年前一名時常拜訪聖路易醫院亞特爾醫師，並且在實驗室裡以自己對於細菌學和皮膚病的大膽假設讓這位教授訝異不已的俄國學生，也可能是亞森・羅蘋。在柔道蔚爲風潮之前，亞森・羅蘋就已經將日本武術引進了巴黎。同時，我們推測亞森・羅蘋曾經以選手的身分贏得自行車大賽，領到一萬法郎之後便銷聲匿跡。此外，亞森・羅蘋也可能是那名將許多人從慈善晚會中拯救出來，然後再將他們洗劫一空的怪盜。」

庭長停頓一下，然後作出結論：「似乎，眼前這段時期，不過是您在日後與社會對立抗爭的前期準備階段，藉以磨練您的能力和心智，以期達到最高峰。您是否承認上述的幾項事實？」

庭長說話的時候，被告彎腰駝背，身體左右搖晃。在光線下，大家明顯看出他極其消瘦，雙頰凹陷，顴骨異常突出，臉色灰敗如土，還夾雜著點點紅斑和參差稀疏的鬍子。獄中的生活使得他衰老又枯槁，大家再也認不出報紙上時常刊登的年輕臉龐和優雅身形。

他似乎沒聽見庭長的問題，庭長又重複了一次。最後，他抬起眼睛，彷彿在思考，接著用盡全力喃喃地說：「戴西雷・波杜。」

庭長笑了。「亞森・羅蘋啊，我實在看不懂您的辯護策略。如果您打算裝傻或推卸責任，那麼儘管請便，我是絕對不可能理會您的伎倆。」

接著庭長開始詳細陳述羅蘋涉案的竊盜、詐欺等等罪狀，並且不時詢問被告，但是後者只是咕噥作聲，要不就根本不回答。

接下來，證人陸續出庭。有些證詞絲毫起不了作用，有些則指證歷歷，但是所有證人的說法都有個前後矛盾的共通點。整場詰問讓人摸不著重點，不過在葛尼瑪探長走進法庭的時候，大家全又提起了興致。

然而老探長一開始就讓人失望。他雖然稱不上害怕——畢竟他見多識廣，可是卻十分不自在，甚至有些焦慮。他幾度轉頭凝視被告，神情侷促。他用雙手撐住欄杆，敘述自己與羅蘋的幾度遭遇，以及他一路由歐洲追到美洲的經過。在場人士無不聚精會神仔細聆聽，把他的證詞當作令人嚮往的冒險故事。然而，當他最後說到與亞森・羅蘋的幾次會談時，卻兩度停頓，顯得猶豫不決。

顯然，他心裡還有其他的顧慮。庭長對他說：「如果您不舒服，最好先暫時休息一下。」

「不，只是……」

他又停了下來，久久地凝視被告，然後說：「請准許我上前檢視被告，有件事讓我很納悶，我想要釐清一下。」

他靠近被告，再一次聚精會神地仔細端詳，接著走回證人席，嚴肅地說：「庭長閣下，我向您確認，我面前的這個男人並不是亞森・羅蘋。」

他一說完這番話，法庭裡頓時變得鴉雀無聲。庭長先是楞了一下，接著便大聲說：「您說什麼！您瘋了不成？」

探長冷靜地說：「乍看之下，我承認這兩個人的確有相似之處，足以混人耳目。但是仔細一看，他的鼻子、嘴巴、頭髮，甚至是皮膚的顏色都不同。反正，這個人不是亞森・羅蘋。大家看看他的眼睛！羅蘋怎麼會有這種酒鬼般的酣醉眼神！」

「這您得好好說清楚了，您這些話是什麼意思？」

「但願我知道就好了！他有可能找了一個倒楣鬼來頂罪。除非說，這個人是他的共犯。」

現場傳來此起彼落的笑聲和驚嘆，法庭上出現誰都沒有料到的戲劇性場面。庭長決定派人請來預審法官、桑德監獄的典獄長和獄卒，因此宣布暫停審判。

再次開庭時刻，布維爾法官和典獄長檢看了被告之後，宣稱這個人和亞森・羅蘋只有少許相似之處。

「那麼，」庭長大聲質問：「這個人是誰？從哪裡來的？他怎麼會出現在法庭上？」

接著進來的是桑德監獄的兩名獄卒。他們證實這個人就是他們監管下的犯人，這番矛盾的說法令人驚愕。

庭長嘆了一口氣。

接著，一名獄卒說：「沒錯，我覺得這個人就是他。」

「什麼，您『覺得』？」

「可不是嘛？我其實也沒看清楚他的長相。當初他被帶進來的時候已經是晚上了，而且，這兩個月以來，他一直面牆躺著。」

「那麼，在這兩個月之前呢？」

「啊！當時他又不是關在二十四號牢房裡。」

典獄長針對這點作出說明：「在他企圖越獄之後，我們將他移到別的牢房去。」

「那麼典獄長您呢，在這兩個月期間，您總看過他吧？」

「我沒機會看到他……他一直很安靜。」

「但是這個人不是當初交給你羈押的犯人？」

「不是。」

「那麼他是誰？」

「我沒辦法回答這個問題。」

「這麼說，眼前的這個人，是兩個月前替換過的代罪羔羊。您要如何解釋這件事？」

「這是不可能的。」

「這究竟怎麼一回事？」

庭長問不出個所以然來，於是轉向被告，以親和的態度對他說：「被告，您是不是可以解釋一下，當初您是在什麼時候，怎麼被關進監獄裡的呢？」

庭長親切的語氣讓男人解除了戒心，或者說，終於讓他聽懂問題，並且試著想回答。經過技巧性的溫和詢問，他終於拼拼湊湊地說出自己在兩個月之前被帶進拘留所，在裡面度過了一晚，到了第二天早上，這個全身上下只有七十五分錢的男人又被放了出來。但是，就在他穿越前庭的時候，出現兩名警衛，把他帶上了囚車。從此之後，他就一直關在二十四號牢房裡，這沒什麼不好，有東西吃又有地方睡，實在沒得抱怨。

這番說詞十分可信。在哄堂大笑和騷動之中，庭長決定先行調查，擇期再審。

*　　*　　*

調查隨即展開，根據收監紀錄資料顯示，在八個禮拜之前，的確有一名戴西雷・波杜在拘留所裡過夜。這個人在第二天獲釋，於下午兩點離開看守所。就在同一天，最後一次接受提審的亞森・羅蘋也在下午兩點鐘離開預審法庭，搭上囚車。

出錯的難道是警衛？他們是否一時沒有注意，把長得有些相像的兩個人弄錯了，誤把這個男人當成自己的犯人？然而這項假設並不適用，這兩名警衛不可能如此疏忽。

難不成這是預謀？首先，想要在這些戒備森嚴的地點偷天換日就已經是難事，另外，波杜還必須是共犯，並且爲了頂替亞森・羅蘋，先得有足夠的理由，確確實實地被關進拘留所裡。然而這個奇蹟般的行動，得具備天時、地利、人和，才可能成功。

調查人員檢視了戴西雷・波杜的罪犯體貌特徵檔案，沒有發現任何其他與此人特徵相似的罪犯，並且沒費太多工夫，就找到波杜過去的資料。在庫布瓦、阿斯尼爾和樂瓦洛這些地方，都有人認識他。波杜靠施捨度日，住在泰恩附近的流浪漢棚屋裡，但是，他在一年之前失去了蹤影。

他是不是亞森・羅蘋的手下？沒有任何論據足以證實這項假設。但若眞是如此，也沒有人能進一步瞭解這起越獄計畫。整件事依然是匪夷所思，大家提出了二十多個假設，卻沒有一個能夠讓人滿意。羅蘋確實越獄成功，不但讓人印象深刻，更是找不出解釋。大眾和司法單位明白這項行動經過長久的縝密計畫，執行得滴水不漏，全然印證了亞森・羅蘋事前的豪語：「我不會出席自己的審判。」

經過一個月的仔細調查，這個謎團依然無法破解。執法單位不能繼續羈押倒楣的波杜，對他的這場審判太過荒唐，要以何罪名起訴他？預審法官不得不先釋放他，但是警察局長決定嚴密跟監。

提出這項跟監建議的人，正是葛尼瑪探長。根據他的看法，這個計畫中既沒有共謀也不是巧合。波杜只是足智多謀的亞森・羅蘋安排的一步棋。波杜一旦獲釋，就算追不到亞森・羅蘋，至少也能逮住他的黨羽。

局長調派杜西警探和佛朗方警探協助葛尼瑪。在某個陰霾的一月早晨，監獄的大門在戴西雷・波杜面前打了開來。

一開始，他似乎有些茫然，走起路來就像個不知該如何打發時間的人。他沿著桑德路走到聖賈各路，來到一間舊貨店門口後，脫掉外套和背心，將背心賣得一些錢之後，又穿上外套離開。

他穿越了塞納河，在夏特雷廣場看到一輛公車。他本來想搭車，但是車上已經沒有座位，於是查票員建議他先取個號碼，然後到候車室等待。

就在這時候，葛尼瑪的視線不曾離開候車室，叫來身邊的兩名警探，急急忙忙地對他們說：「攔下一輛車……不，兩輛好了，以防萬一。你們其中一個跟著我，我們要跟蹤他。」

兩名警探聽令行事。這個時候，仍未見波杜走出候車室。葛尼瑪上前一看，發現裡面竟然沒有任何人影。

「我眞是笨透了！」他低聲說：「我忘了這裡還有另一個出口。」

候車室裡有一條走廊，通往聖馬丁路，葛尼瑪往前衝，及時看到波杜搭上往來於巴提諾和植物園的雙層巴士頂層，轉個彎開向雷弗利路。他跑著追上巴士，但是兩名警探卻沒有跟上，葛尼瑪只能獨自繼續跟蹤。

葛尼瑪怒氣高漲，幾乎想不顧一切地去拎住波杜的衣領。這個自比蠢才的傢伙根本是預謀設計，讓他不得不拋下兩名助手！

他盯著波杜看。波杜坐在椅子上打盹，腦袋左搖右晃，嘴巴半開，臉上的表情簡直是蠢到了極點。不，這個人不可能有能力將老葛尼瑪耍得團團轉，他只不過碰巧運氣好罷了。

波杜在拉法葉百貨商場的路口下車改搭前往慕艾特的電車。葛尼瑪跟著他穿過了歐斯曼大道和雨果大道。波杜在慕艾特車站前方下車，走進了布隆尼森林。

他穿過一條條小徑，來回行走。他在找什麼呢？有沒有特殊的目標？

轉了一個小時之後，他似乎有些累，看到一張長凳就坐了下來。這個地方十分隱密，就在一個小池塘旁邊，四周有林樹圍繞。又過了半個小時，葛尼瑪終於按捺不住，決定上前攀談。

他往波杜身邊一坐，點了一支菸，用枴杖在沙地上劃著圈圈，然後說：「天氣很涼啊。」

四周先是一片靜默，接著突然響起一陣爽朗輕快的笑聲，彷彿孩子般止不住的愉快笑聲。葛尼瑪只覺得頭皮發麻，他對這個可惡的笑聲簡直是再熟悉不過了！

葛尼瑪飛快地扯住男人的袖口，仔細又兇狠地盯著他看，謹慎的態度更勝於當初在法庭上對他的觀察，結果發現這個男人並非原來的波杜。他不再是外表所見的波杜，而是另一個眞眞實實的人物。

葛尼瑪在刻意僞裝的外貌中重新找出羅蘋炯炯有神的雙眼，他消瘦的面容再也藏不住眞正的肌膚，傻楞楞的嘴角下浮現眞正的嘴型。這根本是羅蘋的嘴臉，尤其是生動又帶著戲謔的表情，更是再明顯、再年輕不過了！

「亞森・羅蘋！亞森・羅蘋！」葛尼瑪結結巴巴，幾乎說不出話來。

他再也控制不住怒火，一把抓住羅蘋的脖子，急著想制伏他。探長雖然年屆半百，但仍然氣力過人，何況他的對手身體狀況看起來極差。如果他能帶回羅蘋，豈不是大功一件！

這番格鬥很快就結束。亞森・羅蘋出手防衛，葛尼瑪毫無招架之力，整個過程就和開始時一樣短暫。葛尼瑪感覺到手臂一陣酥麻，軟軟地垂了下來。

「如果警局好好教大家柔道，」羅蘋說：「您就會知道這個招術叫做鎖臂功。」

接著他冷冷地補上一句：「再給我一秒鐘，我就會折斷您的手臂，但是我不會這麼做。怎麼著，我敬重您是個老朋友，自動在您面前卸下僞裝，沒想到您竟然辜負我的信任！眞是的……您這下要怎麼解釋？」

葛尼瑪沒有說話。他認爲自己應當要爲羅蘋的越獄負責，如果不是他出面做出這項匪夷所思的指認，司法單位也不會鑄成大錯。這是他警探生涯中的奇恥大辱，一滴老淚滑落他灰色的鬍邊。

「欸，天哪，葛尼瑪，您就別自尋煩惱了，如果您當初沒說話，我也會安排別人發言。得了，難道我能眼睜睜地讓戴西雷・波杜被判處徒刑嗎？」

「這麼說，」葛尼瑪喃喃地說：「在法庭上的人是你，在這裡的也是你！」

「是我，一直都是我，沒別的人。」

「這怎麼可能？」

「呵！根本就不必變魔術。就像我們那位好庭長所說的，只要十幾年的長期準備，就可以克服一切障礙。」

「但是你的臉孔和眼睛都變了個樣子？」

「您很清楚，我在聖路易醫院跟著亞特爾醫師工作了十八個月，這可不是為了對藝術的熱中。我老早就想到這個有幸自稱亞森・羅蘋的人，有朝一日得擺脫外貌和身分的限制。一個人的外貌可以隨意改變，比方說，在選定的部位注射石蠟，可以讓皮膚浮腫。焦棓酸會讓膚色變黑，白屈菜的汁液可以讓身上長出疹子和腫塊，效果好得不得了。有些化學方法能讓鬍子和頭髮快速生長，有些能夠改變聲音。另外，我在二十四號牢房裡節食了兩個月，拚命練習咧嘴做出傻楞楞的表情，外加彎腰駝背。最後，我在眼睛裡滴入五滴阿托品讓目光呆滯，便大功告成。」

「我不明白，獄卒……」

「這些改變是逐步漸進的，他們根本不可能注意到每天的變化。」

「這個戴西雷・波杜呢？」

「的確有波杜這麼一個人。我在去年遇見了這個可憐的傢伙，他和我也眞的有些相像。我一向不排除自己被逮捕的可能性，所以預先將他藏匿在安全的地方。我先找出我們兩人長相不同的地方，然後盡力消弭這些差異。我找朋友安排他在拘留所裡關上一晚，接著和我大約在同一個時間放出來，製造出明顯的巧合。注意了，這個人的過去必須不難挖掘，否則，司法單位會開始質疑我的身分。一旦我將波杜這個完美的人選送到司法單位面前，不管將人犯掉包是件多麼不可能的任務，司法單位都會選擇相信，而不會承認自己有多麼無知。」

「沒錯，的確是這樣。」葛尼瑪低聲說。

「況且，」亞森・羅蘋大聲說：「我手上還有一張王牌。我從一開始就準備妥當了，所有的人都等著看我越獄。您和其他人都在這個節骨眼上犯下大錯。這是最精采的環節，我以我的自由作爲賭注，和司法單位一搏。你們把我當成被成功沖昏頭的毛頭小子，不過是在自吹自擂罷了。亞森・羅蘋算是哪號人物！經過瑪拉奇堡的竊案之後，大家才發現，『如果亞森・羅蘋敢大肆聲張，應該是對越獄計畫胸有成竹。』這下，你們全都中計了，因爲這套不必付諸行動的越獄計畫有個前提，就是要讓所有的人相信這件事絕對會在光天化日之下發生。亞森・羅蘋會越獄，不會出席這場審判。於是，當您站起身來說『這個人不是亞森・羅蘋』的時候，任何人都會深信不疑。當時，只要有一個人心中存疑，或是出面問『如果這個人眞的是亞森・羅蘋呢？』，那麼，我當場立刻成了輸家。其實，如果您和其他人沒有先入爲主的觀念，認定我不可能是亞森・羅蘋，無論我多小心掩飾，也會被認出來。但是我可以放手去做，因爲不管在心理上或是邏輯上，都不可能有人會這麼想。」

他突然拉住葛尼瑪的手。

「您就承認吧，葛尼瑪，在您來桑德監獄探訪我之後的星期三，您是不是也在下午四點在您家準時等著我赴約呢？」

「囚車又是怎麼一回事？」葛尼瑪閃閃躲躲，以問題代替回答。

「不過是個煙幕彈罷了！我有幾個朋友改裝了一輛報廢的囚車，然後拿來掉包，不過是想試試運氣。我早就知道，除非有特殊機會，否則這個計畫不可能成功。可是，我認爲成功地執行這次越獄行動，只會助長我的聲勢。第一次大膽計畫圓滿達成，可以事先拉抬第二次的聲勢。」

「那支雪茄……」

「我自己動的手腳。」

「紙條呢？」

「也是我寫的。」

「那名神祕的女性友人呢？」

「還是我，我可以隨意模仿各種筆跡。」

葛尼瑪想了一下，出聲抗議：「當我們查驗波杜的罪犯體貌特徵檔案時，怎麼沒有人發現他和亞森・羅蘋有相似之處？」

「因爲你們根本沒有亞森・羅蘋的資料。」

「怎麼可能！」

「就算有，也是虛構的資料。我仔細研究過了。這些罪犯檔案中包括了目測——這點您也知道，不是百分之百可靠——以及頭形、指頭、耳朵等等特徵的丈量，這些丈量一樣無關緊要。」

「怎麼說？」

「只要付錢就可以了事。在我從美國回來之前，就已經買通了管理罪犯檔案的職員，輸入假造資料。這就足夠打亂整個建檔系統，因此波杜的資料和亞森・羅蘋的紀錄不可能有任何雷同之處。」

葛尼瑪好一會兒沒有說話。接著他又問道：「現在你有什麼打算？」

「現在呢，」羅蘋說：「我要好好休息，回復我原有的面貌。化身爲波杜或其他人沒什麼不好，這就像換衣服一樣，改變自己的性格、外貌、聲音、眼神以及筆跡，但是到最後，恐怕還是會迷失自己，這未免太傷感。事實上，我能夠體會失去自己的感受。我要出發去尋找自我……重新找回自己。」

他來回踱步。天色漸漸昏暗，他來到葛尼瑪面前，站定腳步。

「我們該說的話都說了，對吧？」

「是啊，」葛尼瑪探長回答：「我想知道你會不會說出這次越獄的眞相……讓大家知道我犯下的大錯……」

「啊，不會有人知道被放出來的犯人就是亞森・羅蘋。讓這次堪稱神奇的越獄事件蒙上神祕色彩，對我只是有好無害。別擔心啦，老友，我得向您道再會了。我今天晚上要在城裡用餐，再拖下去會沒時間換衣服的。」

「我以爲你想休息！」

「哎！有些應酬實在無法推卻。休息是明天的事。」

「你要上哪兒吃飯？」

「英國大使館。」

譯註：

①Thomas Carlyle，一七九五——一八八一，生於蘇格蘭的英國散文作家兼歷史學家，在《英雄與英雄崇拜》一書中，將英雄定義為傳達神之旨意的人，除了神明與帝王之外，先知、教士、詩人、文人學者及革命家皆可稱之為英雄。

chapter 4

神祕旅人

我在前一天將汽車托運送往盧昂，準備搭火車到當地取車，再和住在塞納河畔的朋友相聚。

這天在巴黎，就在火車開動的幾分鐘之前，有七個男人湧進了我搭乘的車廂裡，其中有五個人抽菸。儘管我搭乘的是普通快車，旅途不長，但是一想到有這些人爲伴，難免還是感覺到不舒服，更何況列車的老式車廂沒有走道相通，只能從月台上下，無處走動。於是我拿起大衣、報紙和火車時刻表，躲到隔壁的車廂裡去。

這個車廂裡坐著一名女性乘客，我注意到她一看到我，立刻顯得有些不愉快。有個男人陪著這位女士一同來車站，他站在車廂和月台間的階梯上，顯然是她的丈夫，她俯身和他交談。這位先生在仔細打量我之後，顯然得到了滿意的結論，於是帶著微笑和妻子說話，彷彿在安慰受驚的孩童。

接著她也帶著微笑，並且以和善的眼神看了我一眼，似乎認定我是個紳士，她可以安心和我在六呎見方的小車廂裡獨處兩個小時。

她的丈夫對她說：「親愛的，妳可別生氣，我有個緊急會議，沒辦法繼續留下來陪妳。」

他先溫柔地和她吻別，隨後才離開。這名妻子含蓄地透過車窗送出飛吻，還揮了揮手帕。

笛聲響起，火車開動。

就在這個時候，有個男人不顧列車人員勸阻，拉開門跳進我們這節車廂。與我同車的女乘客本來正站起身整理架子上的行李，突然尖叫了一聲，跌坐在椅子上。

我從來就不是個膽怯的人，但是我得承認這個人在最後一刻闖進車廂，的確惹人厭惡。這個舉動十分可疑，顯得刻意，其中一定有預謀，否則……

來者的外貌和舉止緩和了方才帶來的惡劣印象。他幾乎稱得上優雅，領帶頗有品味，手套很乾淨，臉孔也顯得活力十足。然而，我有一種感覺，似乎曾經在哪裡看過這張面孔。不過這個可能性微乎其微，我從來沒見過這個人。正確的說法應該是我曾經多次見過這個人的照片，卻沒有見過本人。我覺得沒有必要繼續費力回想，這個記憶實在是太模糊了。

我轉而將注意力放到同車廂的女士身上，驚訝地發現她臉色蒼白，神情緊張。她帶著驚恐的表情，凝視與她同坐一側的男人，我看到她正要伸出顫抖的雙手，慢慢移向椅子上離她身邊二十公分遠的旅行袋。一待碰到旅行袋，她立刻緊張地將袋子拉至自己身側。

她緊盯著我看，我發現除了緊張之外，她還顯得相當不舒服，因此我忍不住問她：「夫人，您不舒服是嗎？我幫您把窗戶打開好嗎？」

她沒有回答，而是害怕地比個手勢，原來是另一名乘客教她擔心。我學她的丈夫對她微笑，然後聳聳肩，藉這個姿勢安慰她，讓她知道我會注意，更何況這個人看起來並不具危險性。

這時，男人轉過頭來上下打量我們，然後靜靜地縮在自己的角落裡。

一陣沉默之後，那位女乘客似乎用盡了全身的力量，用低到幾乎無法察覺的聲音對我說：「您知道誰也在列車上嗎？」

「誰？」

「就是他……他……我相信就是他。」

「他是誰？」

「亞森・羅蘋。」

她的視線一直沒有離開另一名旅客，顯然這幾個字眼是衝著他而來，而不是我。

他壓低帽簷蓋住鼻子。這是爲了遮掩他的不安，或只是想睡了呢？

我提出異議：「亞森・羅蘋因爲在昨天的審判上缺席，被判處二十年的勞役。他不可能這麼魯莽，敢在今天出現在大庭廣眾面前。再者，報紙上不是說，自他從桑德監獄逃脫之後，這個冬天有人在土耳其發現他的蹤影嗎？」

「他就在這列火車上。」女士又說了一次，清楚地想讓另一名乘客聽到我們的對話，「我丈夫是典獄事務的次長，負責火車站安全的警察局長親口對他說，他們正在尋找亞森．羅蘋。」

「沒道理……」

「有人在帕貝度大堂（車站大廳）裡看到他，他買了張前往盧昂的頭等艙車票。」

「當時如果想逮住他，應該不是什麼難事。」

「結果他失蹤了。守在候車室門的查票員沒看到他，不過大家猜他應該是從郊區的月台上車，搭乘晚我們十分鐘出發的特快車。」

「如果是這樣，他就逃不出警方的羅網。」

「但是如果他在最後一刻跳下特快車，搭上這列火車呢？這不無可能，一定是這樣，是嗎？」

「假若眞是如此，大家就會在這列火車上逮住他。因爲站方和警方會仔細查看每一列火車，所以，等我們一到達盧昂，一定會好好迎接羅蘋。」

「迎接他？想都別想！他一定會找到法子逃脫。」

「果眞如此，我也只能祝他一路順風。」

「但是在這之前，他可以爲所欲爲！」

「比方說什麼事呢？」

「我哪兒會知道？任何事都有可能發生！」

她的情緒非常激動，事實上，這個情況確實讓人難以冷靜看待。

即使是我，也幾乎受到了影響，我對她說：「的確有些難以解釋的巧合……但是，請您先鎮靜下來。如果亞森・羅蘋眞的在這列火車上，他一定不會輕舉妄動，他寧願避開風險，也不願招來更多敵人。」

我的說法全然無法安撫她，但是她沒有繼續說話，可能擔心自己太過冒失。

至於我呢，則翻開報紙，開始讀起有關亞森・羅蘋那場審判的報導。報導中全是大家早已耳熟能詳的內容，實在引不起我的興趣。此外，由於昨晚沒睡好，我十分疲倦，不但眼皮沉重，頭也跟著往下垂。

「哎，這位先生，您可別睡著。」

那位女士拉扯我的報紙，氣沖沖地瞪著我看。

「當然不會，」我回答：「我一點也不想睡。」

「您別再這麼不小心了。」她對我說。

「我不會再犯的。」我回答。

我努力抵抗睡意，看著窗外的風景，以及劃過天際的烏雲。很快地，我眼前的景象越來越模糊，焦慮的女士和沉睡的男子從我的腦海中退去，我進入了夢鄉之中。

我斷斷續續地作著夢，某個叫做亞森・羅蘋的傢伙潛入城堡內，搬空值錢的物品，背上還扛著一袋寶藏。

然而這個人影越來越清晰，他並不是亞森．羅蘋。他向我走過來，身形越來越龐大，身手靈活地跳進了車廂裡，直接撞到我的胸口。

我感覺到一陣劇痛……隨之而來的還有一聲尖叫。我醒過來，發現同車廂的男人用膝蓋頂住我的胸口，掐住我的喉嚨。

我的雙眼充血，視線越來越模糊，我隱約看見同車的女士蜷縮在角落裡，幾近崩潰。我完全沒有試圖抵抗，再說，我也沒這個力氣，因爲我的太陽穴鼓脹，幾乎無法呼吸，大聲喘著氣，再過個一分鐘，我就會窒息。

這個男人一定也察覺到我的狀況，於是放鬆雙手的力道。他沒有放開雙手，而是用右手拿起早已準備好的繩結，俐落地套住我的雙手。沒花多久時間，我的手腳被綑了起來，還封住了嘴，整個人動彈不得。

他的動作敏捷熟練，簡直稱得上是犯罪這一行的頂尖好手。在整個過程當中，他一言不發，絲毫沒有遲疑，態度冷靜而且大膽。而我亞森．羅蘋竟然被綑在座椅上，活像個木乃伊！

這的確好笑，雖然情況危急，但是我仍然覺得整件事既諷刺又有趣。亞森．羅蘋竟然像個初出茅廬的毛頭小子，栽了個大筋斗！我被洗劫一空——這是當然的，這個匪類搶走了我的錢包和文件夾。亞森．羅蘋成了慘遭劫掠的受害者，這簡直稱得上是奇遇一樁！

接下來只剩下那位女士了。男人對她不屑一顧，心滿意足地搜刮放在地上的行李，掏出裡面的金銀珠寶和錢包。女乘客睜開一隻眼睛，渾身打顫，脫下戒指交給搶匪，免得讓他自己動手。他接下戒指，看了她一眼，沒想到她立刻昏了過去。

男人一直沒有說話，放過我們，冷靜地坐回位置上，點了支菸，凝神檢視這次的收穫，似乎頗為滿意。

我就沒有那麼高興了。我難過的不是他從我身邊拿走的一萬兩千法郎——眞可惜，我成了過路財神——因為我相信我很快就能拿回這筆錢，以及我放在文件夾裡的重要文件：計畫書、估價單、地址、聯絡人名單和往來信件。我所擔心的，是這件事究竟會有什麼發展。

大家推想的並沒有錯，我沒有忽略自己在聖拉薩車站引起的騷動。我化名季詠・貝拉，周旋在一群朋友之間，這些人時常拿我和亞森・羅蘋的相似之處來開一些無傷大雅的玩笑，因此，我沒有易容，也才會引起旁人的注意。此外，有人注意到一個男人從特快車跳到這列普通快車上。這個人如果不是亞森・羅蘋，那會是誰？因此，盧昂的警察局長勢必會接獲電報通知，帶著不容小覷的警力，守在列車抵達的月台上，盤問每一名可疑的乘客，並且仔細檢視每一個車廂。

我早就料到這種狀況，也不太擔心，因為盧昂的警察人員一定不會比巴黎警方更幹練，我自有辦法躲閃。我稍早在聖拉薩車站隨手掏出我那張議員的名片唬過了查票員，這次，我只消在出口處如法炮製，就可以安全過關。但如今事態丕變，我沒辦法自由行動，不可能施展一貫的招數。到時候，警察局長會巧獲至寶，在車廂裡找到五花大綁的怪盜羅蘋，和溫馴的小綿羊沒有兩樣，乖乖任人宰割。他只需要像收下裝著野味和蔬果的包裹一樣，在車站等待，就可以不勞而獲地立下大功。

我該怎麼做，才能扭轉這般頹勢？

這列普通快車直接開往盧昂，不會停靠維濃聖皮耶。

此外，有個與我沒有直接關係卻讓我十分好奇的問題。車廂這名乘客的眞正目的是什麼？

假如我獨自一人行動，在盧昂絕對會有充裕的時間下車。但是同車廂的女士呢？她現在既安靜又沒有掙扎，但是只要車廂門一打開，絕對會放聲呼救！

這就是我不懂的地方了。他爲什麼不將她和我一樣綑綁起來，好讓自己在犯下雙劫案之後能夠從容逃逸？

他仍然抽著菸，雙眼緊盯著終於斜斜落下的雨絲。其間，他一度回過頭，拿起我的火車時刻表查詢。那位女乘客強裝昏迷，想讓敵人放下戒心，但是菸霧嗆得她忍不住輕咳，讓她露出馬腳。

至於我呢，我一點也不舒服，開始全身酸痛。我得好好思考……得想出個妙計解套……

列車經過了亞曲橋、瓦塞爾，持續迅速往前行進。

我們經過了聖德田……這時候，男人站起身來，向我們跨出兩步，女乘客一看到他的動作，不禁脫口尖叫，然後扎扎實實地昏了過去。

他有什麼目的？他拉下我們這側的車窗，雨勢越來越大，他顯然沒帶雨衣或雨傘，因此才開始煩躁。他望向行李架，看到女乘客的雨傘。他拿起傘，也拿起我的大衣穿在身上。

列車橫越塞納河，這時他捲起褲腳，接著俯身拉起車廂門外側的拉栓。

難道他想跳到鐵軌上？以列車行進的這種速度，這無疑是送死。接著，我們進入到聖凱薩琳隧道，男人再次拉開門栓，伸出腳探向第一階車梯。他簡直是瘋了！隧道內十分陰暗，加上廢氣和噪音，讓男人的舉動蒙上一層詭異的感覺。突然間，火車開始減速，煞車系統發揮作用，輪子速度逐漸減緩。沒多久，車速更慢了些。顯然這幾天以來，隧道內正在施工，男人知道火車必定會減速。

他將另一隻腳踩上第二階車梯，輕鬆離開，最後還沒忘了扣回拉栓關上門。

他前腳才剛離開，光線就亮了起來。火車駛離隧道進入山谷，只再通過一處隧道，就將抵達盧昂。

那位女士一回過神來，便開始哀嘆起自己的損失。我拚命向她使眼色，她才醒悟過來，動手為我拉開塞住嘴巴的手帕，並且想為我解開綑繩，但是我趕忙阻止她。

「不，不要，我們得保留現場，以便警方調查。我要他們目睹這個罪犯的惡行。」

「要不要拉警鈴？」

「不，太遲了，在他攻擊我的時候早就該拉了。」

「但是這麼一來，他可能會殺了我！這位先生，我早已告訴過您，他就在這列火車上！我一看到這個男人，就想起我看過的照片，立刻認了出來。現在，他帶著我的珠寶跑了。」

「警方一定會找到他的，您不必擔心。」

「想找到亞森・羅蘋嗎？那是不可能的任務！」

「這全憑您的決定了，女士。聽我說，我們一到達盧昂之後，請您站到門邊大聲呼叫。警察和站務人員一定會立刻趕過來。這時，您說出這段經歷，別忘了提起我遭到脫逃的亞森・羅蘋攻擊。您得把他的外貌、穿著都告訴警方，他戴了一頂軟帽，拿著您的雨傘，身穿灰色的合身大衣。」

「您的大衣。」她說。

「怎麼會是我的？當然是他的。我沒穿大衣。」

「他上車的時候，好像沒穿大衣。」

「有，絕對有，除非有人把大衣忘在行李架上。不管怎麼說，他下車的時候確實身穿大衣，這才是重點。那是一件灰色的合身大衣，您要記好。啊，我忘了，您在一開始就要報上自己的名字。大家一聽到您丈夫的職位，一定會更加努力辦案。」

我們終於到達車站，她靠向車門。爲了讓她記住我的話，我拉高嗓門，用近乎命令的語氣說：「還要報出我的名字——季詠・貝拉。如果有必要，就說您認識我，得讓警方立刻展開初步調查，最重要的，就是去追捕大盜亞森・羅蘋……還有您的珠寶。記得吧，季詠・貝拉，和您的丈夫是朋友。」

「知道了，您是季詠・貝拉。」

她用力地揮手，並大聲喊叫。火車還沒停妥，一個男人帶著好幾名隨員跳進車廂，關鍵時刻終於到來。

這位女士上氣不接下氣地大聲說：「亞森・羅蘋……他攻擊我們……搶走我的珠寶。我是賀諾夫人……我丈夫是負責典獄事務的次長……啊，這不是我哥哥喬治・亞岱嗎？他是盧昂信貸銀行的總經理……你們一定認識他……」

她擁抱來到車廂裡的年輕人，警察局長向他行禮致意，接著她繼續說：「對，就是亞森・羅蘋……當時這位先生睡著了，羅蘋一把掐住他的脖子。這位貝拉先生是我丈夫的朋友。」

警察局長問道：「亞森・羅蘋人在哪裡？」

「火車經過塞納河之後，他在隧道裡就跳下車了。」

「您確定他就是亞森・羅蘋？」

「怎麼可能不確定！我一眼就認出他了，更何況在聖拉薩火車站裡也有人認出他。他戴了一頂軟帽。」

「不，是一頂硬式絨帽，就像這邊這頂一樣。」局長指著我的帽子說。

「我確定是一頂軟帽，」賀諾夫人再次重申：「和一件灰色的合身大衣。」

「這倒是，」局長喃喃地說：「電報上的確提到了黑絨翻領的灰色合身大衣。」

「就是黑絲絨翻領。」賀諾夫人得意洋洋地說。

我鬆了一口氣。啊！我這位朋友眞是値得誇獎！

警方的探員爲我鬆綁。我用力抿咬嘴唇，讓血水流了出來。我彎著腰，用手帕掩著嘴巴，表現出因爲遭綑綁太久而肢體僵硬的姿態，臉上還帶著血跡。我用微弱的聲音對警察局長說：「局長，錯不了，他就是亞森・羅蘋……我應該可以幫上一點忙……」

站務人員先脫卸這節車廂，以便警方蒐證，列車於是繼續開往哈佛港。我們穿越月台上好奇的圍觀群眾，來到站長室。

這時，我開始猶豫。我只要隨便找個藉口，就可以與開車來接我的朋友會合，然後光明正大的離開。等待只會招來危險。假如有些許閃失，或是巴黎那邊再拍封電報過來盧昂，那麼我將會難以脫身。

這個想法的確沒錯，但是，搶我的匪徒又當如何處理？這裡並非我熟悉的地盤，也沒有熟人接應，要找到他，簡直是難上加難。

「這樣吧，試試看好了，」我這樣對自己說，決定留下來靜觀其變，「這場鬥智遊戲的贏面不大，但自有其趣味之處！値得賭賭看。」

當警方要我們重新作證的時候，我大聲說：「局長，亞森・羅蘋已經取得了先機。我的車就停在車站前面，如果您願意搭我的車，我們可以試著……」

局長露出幹練的笑容，說：「這個提議不錯，其實我們已經開始調查了。」

「啊！」

「沒錯，先生，我派了兩名手下騎腳踏車去搜查，他們已經離開好一會兒了。」

「但是，他們去哪裡找人？」

「到隧道的出口處。他們先去蒐證，尋找證物和證人，然後追蹤亞森・羅蘋。」

我忍不住聳了聳肩膀。

「這兩名警探一定找不到線索或證人。」

「眞的嗎？」

「亞森・羅蘋絕對早就安排妥當，不可能讓人瞧見他走出隧道。他會朝最近的道路前去，然後再從那裡……」

「從那裡到盧昂來，落入我們的掌心。」

「他不會到盧昂。」

「那麼，如果他留在附近，對我們更有利……」

「他也不會留在附近。」

「那這麼一來，他要躲到哪裡去？」

我掏出懷錶。

「這個時候，亞森・羅蘋一定在達奈塔火車站一帶。十點五十分——也就是二十二分鐘之後，他會搭上由盧昂北站出發的火車，前往亞緬。」

「這樣嗎？您是怎麼知道的？」

「簡單！亞森・羅蘋稍早在車廂裡查閱過我的時刻表。他爲的是什麼？是不是在他跳車地點不遠的地方還有另一條火車路線、另一處車站，以及即將停在這個車站的列車？於是我也查閱了時刻表，方才知道。」

「先生，您的推理眞有道理。太高明了！」

由於習慣使然，讓我犯下一個錯誤，表現出自己的能力。局長驚訝地看著我，我察覺到他似乎起了疑心。喔，這其實不太可能。由司法單位寄發到各地的那些亞森・羅蘋照片都不夠清楚，他不可能認出站在他眼前的人正是我。但是，他仍然有些困惑和遲疑。

好一會兒，混沌曖昧的局面使得大家都沒有說話，而我則是感覺到一陣困窘。我的運勢會不會瞬間跌入谷底？我穩住情緒，露出笑容。

「老天才曉得！我急著想找回被他搶走的皮包，才會茅塞頓開了！如果您願意派兩名探員和我同行，我們可以一起……」

「噢！拜託您，」賀諾夫人大聲說：「局長，就照貝拉先生的話去做吧！」

我這位好朋友的話帶來決定性的效果。她的丈夫深具影響力，由她的口中說出貝拉這個名字，無異是證實了我的身分，打消所有人心底的疑慮。局長站起身子說：「貝拉先生，相信我，我希望您能成功。我和您一樣，也想逮捕亞森・羅蘋。」

他陪著我走到我的車邊，爲我介紹兩名警探。歐諾賀・馬索和賈斯東・戴立維坐進車子裡，由我負責駕駛。機械工幫忙發動了手搖引擎，沒過多久，我們離開車站，我心中的大石也終於落地。

啊！我得承認，駕駛這輛三十五匹馬力的汽車馳騁在諾曼第這座古城的街道上，我心裡實在驕傲。和諧悅耳的引擎聲隆隆作響，左右兩側的樹木往後退去。我脫離了險境，自由無虞，現在只剩下手邊小小的恩怨尚待解決，況且，還有兩名正直的警察跟在我身邊提供協助。亞森・羅蘋上路了，要去追捕亞森・羅蘋！

歐諾賀・馬索和賈斯東・戴立維這兩位維持社會正義的公僕，對我幫助匪淺！如果沒有這兩個人，我該如何是好？我會在多少處路口迷路？如果沒有他們，亞森・羅蘋可能會走錯方向，讓另一個羅蘋逃之夭夭！

但是，事情還沒有落幕，還早得很。首先，我得逮住那名搶匪，找回他從我這裡搶走的文件。無論如何，絕對不能讓我這兩個助手看見那些資料，更不能讓他們拿到文件。我要利用他們，又得避開他們的耳目，執行起來可不省力。

我們好不容易趕到了達奈塔火車站，火車卻已經在三分鐘之前離站。當我們得知有個身穿黑絨翻領合身灰色大衣的男人，拿著前往亞緬的車票搭上二等車廂的時候，我心裡十足安慰。看來，這次的牛刀小試，可以成爲我未來調查事業的好開端。

戴立維對我說：「這列火車是特快車，十九分鐘之後會在蒙特羅利—比西進站。如果我們不能搶在亞森・羅蘋之前抵達，他會一路去到亞緬。火車行至克萊爾之後會有叉道，可以通往迪耶普或是巴黎。」

「蒙特羅利離這裡有多遠？」

「二十三公里。」

「用十九分鐘時間趕二十三公里路程……我們會比他早到。」

精采的一刻到了！我難以壓抑興奮的心情，猛踩汽車油門，加速前進。我似乎毋須透過操縱桿，就可以直接和愛車溝通，形同一體。而我的愛車也能感覺到主人的執著，體會我對這個卑鄙小人的怒意。騙徒！我能不能制伏他？這回，我化身成爲司法體制，他會不會再一次將這個體制玩弄於股掌之間？

「右邊！」戴立維高喊：「往左！……直走！……」

車輪滑過路面，路面的里程標誌彷彿受驚的小動物一般，待我們接近，就立即往後退開。

突然間，我們看到公路的轉角處竄起一股白煙，那就是北上的特快列車。

我駕著汽車，和火車並肩競速前進，這場比賽的勝負早有定數，終點十分明確。我們領先了二十個車身，搶先到達車站。

我們在短短幾秒鐘內便奔上月台，等在二等車廂的前面。車門打開，幾名乘客陸續下車，卻沒看到打劫我的搶匪。我們進車廂檢查，仍然沒有找到亞森・羅蘋。

「該死！」我大喊，「他八成是看到我開著車和火車並肩前進，認出了我來，於是又再次跳車逃跑。」

列車長證實了我的推測，他看到一個男人在距離車站約兩百公尺的地方，滾落鐵軌邊的斜坡。

「看，那裡……他正在穿越平交道。」

我領著兩名警探往前衝，不，應該說只有一名警探跟在我身後，因爲馬索警探腳力奇佳，加上衝勁十足，沒多久就跑在我們前面拉開距離，逼近搶匪。搶匪一看到他，立刻翻過圍籬爬上斜坡。我們在遠處只看到他躲進一處小樹林當中。

馬索警探在樹林前方等待我們到達。他擔心我們跟不上，於是沒有繼續追進林子裡去。

「親愛的朋友，做得好！」我對馬索說：「經過這番追逐，我們的嫌犯現在應該早已氣喘吁吁，我們一定能輕鬆逮住他。」

我檢視周遭環境，一邊思索該如何獨自逮捕這個傢伙，奪回文件，免得到頭來，我自己又再次落入司法單位的手中，接受那些令人難以忍受的盤詰。接著，我回到兩名同伴的身邊。

「好，這很容易。馬索警探，您往右走，戴立維警探請往左側推進。兩位從自己的位置守住樹林，如果他想出來，你們一定會看到。我守在這條窪路上，如果他不出來，我就進去。如此一來，他一定會朝你們的方向跑過去，你們只要守株待兔就行了。啊！我差點忘了，如果有任何情況，請鳴槍示警。」

馬索和戴立維分頭往自己的位置前進。他們一離開，我就小心翼翼地走進樹林裡，避免發出任何聲響。這是一片供打獵用的矮樹叢，裡面的小徑狹窄，只能在濃密的林蔭下彎腰行走。

有條小徑通向林中空地，潮濕的葉片上有一排腳印。我謹慎地跟著腳印往前走，以免滑落斜坡，最後，我來到山腳下一處半倒的農舍邊。

「他應該在這裡，」我心裡想，「拿這個地方當觀察據點很理想。」

我匍匐來到農舍旁邊，耳邊聽到一個聲音，於是確定他就在裡面。我透過一道缺口，看到他背對著我躲在農舍裡。

我大步向他衝過去，他企圖擊發手中的左輪手槍。我沒給他開槍的機會，直接將他壓倒在地上，雙手反扣背後，接著我用膝蓋抵住他的胸口。

「你這傢伙，給我聽好了，」我湊在他耳邊說：「我是亞森・羅蘋。乖乖交出我的文件夾和那位女士的珠寶袋，如果你聽話，我保證不會把你交到警方手中，說不定還可以交個朋友。由你決定，好或不好。」

「好……」他低聲說。

「那最好。你今天早上的行動計畫算得眞精準，我們一定可以好好相處。」

我站起身來，結果他竟然伸手從口袋裡掏出一把刀，想要攻擊我。

「蠢才！」我大聲斥喝。

我用一隻手阻擋他的攻擊，另一手劈向他的頸動脈，他立刻倒地不起。

我找出自己的文件夾，文件和鈔票都還在裡頭。接著在好奇心的驅使之下，我拿起他的皮夾檢查。裡面有一封寄給他的信，我看到他的名字：皮耶・翁弗立。

我不禁打了個冷顫。發生在奧圖區拉封丹街的殺人命案，不就是皮耶・翁弗立下的手！皮耶・翁弗立殺害了戴布瓦夫人和她的兩個女兒。我彎腰凝視他，沒錯，就是這張臉。當時在車廂裡，我記得自己依稀在何處看過這張臉孔。

時間有限，我拿出一只信封，在裡面裝了兩張百元鈔票和我的名片，並且草草寫下：「亞森・羅蘋謹此向歐諾賀・馬索和賈斯東・戴立維表達誠摯謝意。」

我把信封放在農舍裡的顯眼處，把賀諾夫人的珠寶袋擺在一旁。我怎麼可能昧著良心，不將珠寶歸還給這位曾經拯救我的好朋友呢？

但是我還是得承認，我取走了裡面值錢的東西，只留下一只玳瑁梳子和空錢包。真是的！公事公辦嘛！況且，我得老實說，她丈夫的職業著實不值得敬重！

接下來，只剩下這個男人了。他慢慢恢復神智了，我該怎麼辦呢？我沒必要決定他的生死。

我拉起他握著槍的手，對空鳴放了一槍。

「那兩個人馬上會過來，」我心想，「讓他們自己處理吧！船到橋頭自然直。」接著我沿著窪路往回跑。

一路來到這個樹林的時候，我就注意到旁邊有條叉路。我沿著叉路走，二十分鐘之後回到愛車邊。

下午四點鐘，我發了一封電報給我在盧昂的朋友，說明臨時發生一些狀況，我只能延期拜訪。說句心裡話，如今他們得知實情，恐怕此趟拜訪只能無限期地往後延。對他們而言，這無異是殘酷的幻滅！

下午六點，我沿途經過亞當島、翁亙，穿過必弩門，回到了巴黎。我在晚報上讀到警方終於成功追捕到皮耶・翁弗立。

第二天——各位千萬別忽視宣傳文字的重要性——《法國迴聲報》刊登了一篇精采報導：

在亞森・羅蘋的運籌帷幄之下，歷經幾番波折，殺人犯皮耶・翁弗立昨日終於到案。這名在拉封丹街犯下殺人罪行的匪徒，在由巴黎開往哈佛港的列車上搶奪了賀諾夫人的財物。賀諾夫人的夫婿是負責典獄事務的次長。亞森・羅蘋不但爲賀諾夫人找回了珠寶袋，還慷慨地餽贈獎金給協助追捕的警方探員。

chapter 5

皇后的項鍊

只有在重大的場合，諸如奧地利大使館的舞會，或畢靈頓夫人的晚宴，鐸勒─蘇比斯伯爵夫人才會將「皇后的項鍊」佩戴在白皙的頸際。這樣的場面，一年也僅見兩三次。

這條傳奇的項鍊，最早由皇室珠寶匠波梅與巴頌吉爲路易十五的情婦巴利夫人打造，後來的羅罕─蘇比斯主教買下這條項鍊，以爲項鍊終將成爲致贈給法國皇后瑪麗・安東妮的禮物。一七八五年二月的某個晚上，性好冒險的珍妮・法羅瓦──也就是莫特伯爵夫人，在丈夫和共犯雷托・威列特的協助下偷出項鍊。

事實上，整條項鍊只有鑲座是眞品，由雷托・威列特保管。莫特伯爵和夫人粗魯地拆下珠寶匠波梅精挑細選的剔透寶石，變賣寶石離開巴黎。雷托後來到了義大利，把鑲座賣給賈斯東・鐸勒─

蘇比斯。賈斯東是羅罕—蘇比斯主教的姪子，同時也是他的繼承人，當初多虧了主教幫忙，才免於破產的窘境。爲了紀念自己的叔叔，賈斯東從英國珠寶商傑佛瑞手中買回一些鑽石，然後再補上其他較不值錢但是大小相當的寶石，重新修復了首飾讓人驚豔的原貌。

將近一個世紀以來，鐸勒—蘇比斯家族一直以這件具有歷史意義的作品爲傲。儘管這個家族經過許多變遷，家道中落，但是他們寧願縮衣節食，也不願賣掉貴重的傳家珍寶。特別是現任伯爵，爲了謹慎起見，特別在里昂信貸銀行租了一個保險箱，專門用來存放項鍊。如果伯爵夫人打算在晚宴上佩戴項鍊，他會親自到銀行取出保險箱裡的項鍊，隔天再親自送回。

時間要回到這個世紀初的某個晚上，伯爵夫人佩戴項鍊，在卡斯提爾宮的晚宴中豔冠群芳。在這場爲了克里斯瓊親王舉辦的晚宴中，連親王都注意到伯爵夫人出眾的美貌，她佩戴在優雅頸際的寶石同樣璀璨奪目。明亮的鑽石在燈光之下，閃耀出炫麗的光彩。除了伯爵夫人之外，沒有其他人能如此完美地詮釋出這件作品的高貴與獨特。

當晚，鐸勒伯爵回到位於聖日耳曼區的古老宅邸，一進到房間，便爲晚宴中的雙重勝利拍手叫好。妻子爲他帶來的驕傲，幾乎不亞於四代以來光耀家門的這件祖傳首飾。伯爵夫人則帶著孩子氣的虛榮，流露出傲慢本性。

她依依不捨地取下項鍊交給丈夫，伯爵以讚美的眼光仔細審視項鍊，彷彿這是他平生第一次看到這件首飾。接著，他把項鍊收到飾有主教徽紋的紅色皮革首飾盒裡，走進相連的隔間。這個小隔間與其說是房間，不如說是個衣物間，與臥房以位於床尾的一扇門相連。他跟以往相同，把珠寶盒置於高處的架子上，藏在帽盒和成疊的床單之間。伯爵關上房門，上床就寢。

第二天早上，他在九點鐘醒來，打算在用早餐之前先去一趟里昂信貸銀行。他穿好衣服，喝了一杯咖啡，下樓到馬廄察看。馬廄裡有匹馬情況不大理想，他要馬夫牽著馬在院子裡行走，接著小跑步，好讓他仔細觀察。隨後，他回到妻子身邊。

她還沒離開臥房，有名女僕正在幫她梳頭。她問丈夫：「你要出門嗎？」

「是的，要把東西送過去。」

「喔，對……這樣比較謹慎。」

他走進隔間裡，沒一會兒，他開口問妻子：「親愛的，妳拿了項鍊嗎？」

這時候，伯爵還不覺得驚訝。

她回答：「怎麼會？當然沒有，我什麼也沒拿。」

「妳重新整理過東西嗎？」

「完全沒動，我連這扇門都沒碰過。」

此時他才開始著急，結結巴巴地問：「妳沒動？……不是妳？……那……」

伯爵夫人跑進隔間裡，兩人拚命尋找，把帽盒扔到地上，推散一疊疊的床單。伯爵說：「沒有用的……我們怎麼找都找不到……就是這裡，我就是把東西放在這個架子上。」

隔間裡的光線陰暗，兩人點起蠟燭，翻箱倒櫃尋找項鍊，把東西往外面推。最後，隔間裡什麼也沒剩，他們終於明白，名聞遐邇的「皇后的項鍊」眞的不見了。

伯爵夫人生性果決，她沒有浪費時間哀嘆損失，而是立刻派人報知警察局長法洛伯。她曾經見過局長，對他的睿智，以及明辨案情的能力十分佩服。當他們將完整的細節告訴局長之後，他問道：「伯爵先生，您確定沒有人在夜裡進到房間裡來嗎？」

「我絕對確定。我一向睡得不沉，再說，臥室的門上了鎖。今天早上，我妻子拉鈴要傭人過來的時候，我才打開門栓。」

「這個隔間沒有別的出入口？」

「一個也沒有。」

「有沒有窗戶呢？」

「有，但是窗戶封死了。」

「我想去檢查一下。」

他們點燃蠟燭，法洛伯局長立刻發現窗戶沒有完全封死，只用大衣櫃擋住了一半的高度，但是，衣櫃並非完全緊靠在窗邊。

「幾乎貼在窗邊了，」鐸勒伯爵說：「如果要搬動衣櫃，一定會發出很大的聲響。」

「這扇窗通往什麼地方？」

「通到內院。」

「臥室的樓上還有一層樓是嗎？」

「有兩層樓，但是在傭人房的樓層高度，有一層鐵絲網封住了內院。就是因爲這樣，光線才會這麼暗。」

大家推開衣櫃後，發現窗戶緊緊關上，如果有人從外面潛進來，窗戶不可能關得如此緊密。

「除非是，」伯爵邊觀察邊說：「有人從我們的臥室走進到隔間裡。」

「如果是這樣，門栓在今天早上應該不會保持原位。」

局長沉思了一會兒，接著轉頭詢問伯爵夫人：「夫人，您身邊的人知不知道您昨日晚上會佩戴項鍊？」

「當然知道，我沒有刻意隱瞞。但是沒有人知道我們把項鍊收在隔間裡。」

「沒有人知道？」

「沒有……除了……」

「伯爵夫人，請您說清楚，這點非常重要。」

她對丈夫說：「我想到了安麗葉。」

「安麗葉？她和其他人一樣不知道細節。」

「你確定嗎？」

「這位女士是誰？」法洛伯局長問道。

「一個我在修女院認識的朋友。幾年前下嫁一個工人，爲了這件事，和家人不相往來。她丈夫過世之後，我在宅邸裡爲他們留了一間套房，讓她帶著兒子過來同住。」

她尷尬地補充：「她有雙巧手，可以幫我做一些雜務。」

「她住在幾樓？」

「和我們同一層樓，在這條走廊盡頭，離其他人不遠。我還想到，她的小廚房裡有扇窗戶……」

「也是通往這個內院，是嗎？」

「是的，就在我們對面。」

伯爵夫人說完這番話，大家全都噤聲不語。

接著，法洛伯局長要求去看看安麗葉的房間。

大家進到房裡，看到安麗葉正在做女紅，六、七歲大的兒子勞爾坐在旁邊看書。局長驚訝地發現她的住處異常簡陋，裡面沒有壁爐，僅以小小的隔間充當廚房。局長開始問話，她得知有竊案發生，不禁慌了手腳。前一天晚上，她才親手幫伯爵夫人戴上項鍊。

「老天爺！」她驚呼，「怎麼沒人告訴我？」

「您完全沒有頭緒嗎？有沒有什麼猜測呢？竊賊可能是從妳的房間過去的。」

她笑了起來，笑容十分眞誠，絲毫沒想到自己可能會被列入嫌疑犯之列。

「可是我一直沒離開過房間！我從來不出去的。再說，您沒看見嗎？」

她打開小廚房裡的窗戶。

「您看，從這裡到對面的窗台至少有三公尺的距離。」

「您怎麼會知道我們推測小偷是從內院進到隔間裡的？」

「難道……項鍊不就一直放在隔間裡面嗎？」

「您怎麼知道？」

「天哪！我知道伯爵夫婦一向會在夜裡把項鍊放進隔間，他們當著我的面提過這件事……」

她的面容仍然年輕，只是哀愁毫不留情地留下痕跡，讓她顯得更溫和。在一陣沉默之後，她露出焦急的表情，彷彿感受到了一股危險與威脅。她將兒子拉到身邊，孩子牽起母親的手，輕輕地吻了一下。

當鐸勒伯爵和局長獨處的時候，他問道：「您該不會是懷疑她吧？我可以擔保，她是個正直的女人。」

「哦，我完全同意您的看法，」法洛伯局長說：「充其量，她也只可能在不知情的狀況下，無意間幫助了竊賊。然而我們可能還是放棄這個猜測，因爲這無助於調查。」

警察局長的調查沒有進展，由預審法官接手，繼續進行了好幾天，詰問伯爵家中僕佣，查驗門栓，測試隔間的窗戶開闔運作，上上下下檢查過內院……結果仍然是一無所獲。門栓沒被動過手腳，從外面也沒辦法打開或關上窗戶。

檢警針對安麗葉展開嚴密的調查，因爲無論如何，一切癥結似乎都回到她身上。經過嚴謹的查證之後，警方發現安麗葉在三年間總共只出過四次門採買東西，而每一次都有確實的佐證。事實上，她的職務是鐸勒伯爵夫人的女僕兼裁縫，夫人對她十分嚴苛，其他幾名僕人均可作證。

「再者，」一個星期之後，預審法官作出和警察局長相同的結論：「就算我們有了嫌犯——這一點，我們尚且無法確認，我們也不知道犯案的手法。我們根本找不到線索，房門和窗戶都沒有遭到破壞。這簡直是奇上加奇！嫌犯是怎麼進到隔間裡，又怎麼能在完全沒有破壞門栓和窗戶的狀況下，走出了隔間？」

經過四個月的調查之後，法官私下作出結論：鐸勒伯爵夫婦一定是財務窘困，才會出此下策，變賣了皇后的項鍊。於是，本案宣告終結。

這件貴重首飾遭竊，對鐸勒—蘇比斯家族造成重大的打擊，久久難以平復。原來建築在這件珠寶上的信譽瞬間瓦解，債主咄咄逼人，他們卻借貸無門。伯爵夫婦只能忍痛變賣或抵押財產。如果不是兩門遠房親戚留下大筆遺產，他們早就得宣布破產。

這對貴族夫妻的自尊也同樣受到了傷害，原來顯赫的身分，如今似乎出現了缺憾。奇怪的是，伯爵夫人對昔日同樣寄宿在修女院的好友開始有了芥蒂。她毫不隱藏心裡的怨恨，並且還公開指責。夫人先是將安麗葉驅趕到僕佣的樓層，接著又將她辭退。

就這樣，日子一天天平靜地過去，伯爵夫婦仍然四處旅行。這段期間，只出現過一個值得一提的插曲。安麗葉離開伯爵府邸的幾個月之後，夫人曾經收到安麗葉寄來的一封信，讓她頗爲詫異。

夫人：

我眞不知道該如何感謝您。一定是您寄來給我的，不是嗎？除了您之外，不會有別人，沒有人知道我避居到鄉下。如果我猜錯，請您原諒，但是您過去對我的恩情，我仍然銘記在心。

信上講的是什麼事？無論是過去或現在，伯爵夫人對安麗葉的態度只能以吝嗇苛刻來形容。安麗葉爲什麼要感謝夫人？

在夫人詢問之後，安麗葉才說出自己收到一封沒有署名的郵件，裡面裝了兩張千元法郎的大鈔。她將信封和回信一併寄給伯爵夫人。信封上蓋的是巴黎郵戳，上面只寫了她的地址，字跡顯然經過刻意變造。

這兩千法郎是從哪裡來的？寄件者又是誰？司法單位決定介入調查，但是在茫茫人海中，要去哪裡找出這個人？

十二個月之後，同樣的情況再次發生，隨後是第三封、第四封寄錢的郵件，連續六年沒有間斷。唯一的差別，是在第五年和第六年的時候金額加倍，當時安麗葉重病纏身，恰好拿這筆錢來治病。

此外，由於其中一封信因爲沒有以報値郵件寄送而遭到郵局攔下，於是最後的兩封完全依規則寄送。一封是署名爲安克堤的人由聖日耳曼區寄出，另一封則是由一位貝夏先生由許爾區寄出。經過查證，兩封信的寄件資料都是虛構的。

安麗葉在竊案發生的六年後過世，這個謎一般的案件依然無解。

* * *

普羅大眾沒有忽略這樁竊案的任何枝節，這條於十八世紀末動搖法國帝制的項鍊命運多舛，在一百二十年之後仍然是眾人矚目的焦點。但是現在我要講的故事，除了主角人物和少數相關人士之外，沒有他人知情。在伯爵的請託之下，這些人同意保持緘默，永遠不得說出祕密。但是，總有一天會有人守不住祕密，那麼我打算毫無顧忌地揭開竊案神祕的面紗。更何況，報紙早已在前天早晨刊登那封讓讀者瞠目結舌的信件，爲這樁悲劇增添了神祕哀傷的色彩。

信件見報的五天之前，鐸勒—蘇比斯伯爵在自家宅邸舉辦了一場午宴。席間的女賓是伯爵的堂妹和兩名姪女，在座的男士則有身兼愛薩維地區的議長波夏議員、伯爵在西西里結識的佛利安尼騎士，以及伯爵的長年好友——官拜將軍的胡契耶侯爵。

午餐用畢，女士們享用咖啡，同意讓男士抽支菸，條件是他們必須留在客廳裡作伴。伯爵的一個小姪女拿起紙牌爲大家算命，大家天南地北的閒聊，說起幾樁著名的犯罪事件。就在這個時候，老喜歡尋伯爵開心的胡契耶侯爵知道伯爵對項鍊失竊案這個話題避之唯恐不及，於是調皮地提說起這樁奇案。

在場每個人各持己見，開始表述自己的推斷。當然啦，這些假設全都互相矛盾，也著實行不通。

「您呢，」伯爵夫人詢問佛利安尼騎士，「您有什麼看法？」

「喔，夫人，我啊，我什麼看法也沒有。」

眾人紛紛抗議。因爲佛利安尼騎士剛剛才說完一連串精采的故事，把自己陪著在巴勒姆地區的法官父親的辦案情節說得活靈活現，這也就是說，他對這種難解之謎肯定特別感興趣。

「我承認，」佛利安尼騎士說：「我的確破解過一些連高手都得不到結論的案子。但是，大家可別因爲這樣，就把我拿來與名偵探福爾摩斯相較……再說，我對這樁竊案實在不熟悉。」

賓客不約而同地將目光轉向男主人，伯爵雖然不甚情願，卻也只好簡要地說出案情。佛利安尼聽完故事，沉思了一會兒，接著提出一些問題，然後喃喃地說：「怪了……根據我的初步判斷，案情應該不太複雜。」

伯爵聳聳肩不以爲然，但是其他人立刻靠向佛利安尼。接下來，佛利安尼用較爲肯定的語氣說：「如果想找出罪犯，通常要先確定作案的手法。就我看來，這個案子再單純不過了，因為我們手上掌握的不是多項假設，而是一個明確的事實，也就是竊賊只能從臥室的門，或是隔間的窗戶進到裡面。再者，我們也知道上了鎖的房門不可能從外面打開。這麼一來，唯一的可能便只有從窗戶爬進隔間裡。」

鐸勒伯爵說：「窗戶一直都是關著的，而且事後檢查的時候，窗戶也沒有打開。」

「關於這一點，」佛利安尼未加理會伯爵的聲明，繼續說：「只要從小廚房的窗台搭起隔板到對面的窗口就行了，接著當珠寶盒……」

「我再重複一次，隔間的窗戶是關上的！」伯爵帶著不耐煩的語氣抗議。

這次，佛利安尼對伯爵的說法做出回應，他的態度鎮定，這個明確的反駁似乎沒對他造成任何影響。他說：「我相信窗戶一定是緊緊關上。但是，隔間裡是不是有扇氣窗呢？」

「您怎麼會知道？」

「首先，因為在當時大部分的宅邸中，隔間都有這項設計。其次，除非如此，否則竊案根本無從發生。」

「的確，隔間裡面是有扇氣窗，但是氣窗和窗戶一樣都是關上的，所以，我們甚至沒有特別去檢查。」

「錯就錯在這裡。如果大家當初檢查了氣窗，就會發現氣窗其實是打開著的。」

「要怎麼開？」

「我猜，就和其他的氣窗沒兩樣，用一條尾端有拉環的鐵繩拉開，是吧？」

「沒錯。」

「這個拉環就懸在窗戶和大衣櫃之間，對嗎？」

「是的，但是我不懂……」

「這就成了。竊賊只要拿個鐵鉤之類的工具探入窗玻璃之間的縫隙，然後鉤住圈環一扯，就可以打開氣窗。」

伯爵大聲笑道：「好極了！簡直是太完美了！您輕輕鬆鬆就破案了。只是，親愛的朋友啊，您忘了一件事，窗玻璃上並沒有縫隙。」

「絕對有的。」

「不可能，如果有縫隙，我們一定會發現。」

「如果想要發現，就得先仔細觀看。縫隙確實存在，不可能沒有，就在窗玻璃和拿來當作鑲嵌材料的油灰之間，當然，一定是垂直的縫隙。」

伯爵站起身來，神情十分激動，他在客廳中來回煩躁踱步，接著走到佛利安尼身邊。「在那天之後，裡面的格局布置完全不曾更動，沒有人再踏進過隔間一步。」

「倘若眞是如此，伯爵先生，您可以輕易證實我的說法與事實相符。」

「您的解釋和司法單位的調查毫無交集。您什麼都沒看到，什麼都不知情，怎麼可能和我們這些目睹過現場，並且對細節一清二楚的人唱反調？」

佛利安尼不在意伯爵的惱羞成怒，反而帶著微笑對他說：「天哪，伯爵，我只是試著釐清事實，您可以證明我的推斷錯誤。」

「不必再等下去，您太過自信……」

鐸勒伯爵低聲咕噥幾句之後，突然轉身走出客廳。

大家都沒有說話，全在焦急地等待著，似乎案情眞的即將明朗。沉默的氣氛格外凝重。最後，伯爵終於回到門邊。他的臉色蒼白，情緒激動。他用顫抖的語調，對在座的朋友說：

「請各位見諒……佛利安尼先生的推斷完全出乎我的意料之外……我完全沒想到……」

伯爵夫人急切地打斷他的話，「拜託你說清楚，究竟怎麼了？」

伯爵結結巴巴地說：「在佛利安尼先生說的地方，沿著窗玻璃的確有道縫隙……」

他一把抓住佛利安尼騎士的手臂，情急地對他說：「佛利安尼先生，請您繼續說下去吧。我承認您的推論到此爲止都正確無誤……但是，您還沒解釋清楚……請您告訴我……依您看，當時到底發生了什麼事？」

佛利安尼輕輕掙脫手臂，半晌之後，才說：「嗯，據我看，事情的經過應該是這樣的。竊賊知道鐸勒伯爵夫人要佩戴項鍊參加宴會，於是趁你們不在的時候，搭起板子。他透過窗戶觀察，看到您在回家後藏妥珠寶盒。您一離開小隔間，他就劃開玻璃，鉤動拉環，打開氣窗。」

「就算是這樣，氣窗到窗戶之間的距離仍然太遠，他不可能拉得到窗戶的把手。」

「如果他拉不開窗戶，那就表示他是爬過氣窗進到隔間裡。」

「不可能，氣窗太小，沒有人鑽得過去。」

「如果竊賊不是大人呢？」

「怎麼可能！」

「沒錯，如果氣窗太小，成人爬不進去，那就非得是個小孩不可。」

「小孩子！」

「您不是說過嗎？您的朋友安麗葉有個兒子。」

「的確如此，她的兒子叫做勞爾。」

「犯下竊案的，應當就是勞爾沒錯。」

「您有什麼證據？」

「證據？不會找不到的，比方說……」

他沉思了一會兒，然後說：「拿架在窗台上的木板來說好了，不可能沒人看到孩子從外面搬回一塊木板，他用的一定是隨手可以取的材料。安麗葉的小廚房裡有沒有鉤在牆壁上用來擺放鍋盤的小承板呢？」

「假如我記得沒錯，的確有兩塊承板。」

「您要確認一下，看看這兩塊承板是不是確實地固定在架子上；如果不是，我們可以推測這孩子有可能取下承板，然後想辦法扣住兩塊木板。也許這對母子的房間裡有火爐，他可能利用火鉗拉開氣窗的圈環。」

伯爵一言不發，走了出去。這次和方才不同，客廳裡的賓客不再覺得焦急，他們確信佛利安尼的推測絕對不會出錯。這個男子全身上下散發出一種勝券在握的風采，說話的方式不像是推論判斷，而像是在敘述可逐步證實的眞實事件。

當伯爵回到客廳，說道：「一定就是那個孩子，罪證確鑿。」

沒有人對此感到驚訝。

「您看到承板和火鉗了嗎？」

「看到了……承板的釘子老早被撬了下來，火鉗還留在原處。」

鐸勒─蘇比斯伯爵夫人大聲表示：「是他……還是您指的是他的母親？安麗葉是唯一的竊賊，一定是她強迫兒子……」

「不，」佛利安尼的語氣堅定，「孩子的母親是無辜的。」

「不可能！他們住在同一個房間裡，安麗葉怎麼會不清楚孩子的一舉一動？」

「他們雖然住在同一個房間裡，但是事情的發生地點是在相連的小廚房，孩子趁母親沉睡的時候下手行竊。」

「那麼，項鍊在哪裡？」伯爵問，「在孩子的東西裡總該找得到吧？」

「恕我直言，他早就出過門了。當天早上，當大家進到這對母子的房間之前，他剛從學校回家。如果司法單位沒有把時間浪費在無辜的母親身上，而是花點時間去檢查孩子的學校課桌，查看裡面除了書本之外還有什麼，也許有機會查出眞相。」

「不管是不是這樣，安麗葉每年都會收到兩千塊法郎，這不就足以證明她是共犯嗎？」

「如果她是共犯，怎麼會爲了這筆錢向您道謝？再說，警方也密切監視著她，不是嗎？反而是孩子可以自由行動，他可以大大方方地跑到鄰近的村落隨便找個舊貨商，視情況一次賣掉一兩顆鑽石，並且要求貨款必須從巴黎寄出，一年大概交易一次。」

鐸勒—蘇比斯伯爵夫婦和在場的賓客全都感受到一種無法形容的壓迫感。情況很明確，除了堅定的解釋之外，佛利安尼從一開始的態度就咄咄逼人。他的語氣中帶著譏諷的意味，話中的敵意多過善意。

「這番推測眞是太讓我佩服了！您的想像力的確很豐富。」伯爵試圖一笑置之。

「不是的，」佛利安尼說話的語氣更嚴肅了些，「這完全不是出自於想像，我只是說出當時的狀況。」

「您怎麼會知道？」

「憑您方才告訴我的細節。我設身處地試想，這對母子避居到窮鄉僻壤的小村落裡，母親抱病，孩子計劃變賣寶石來拯救母親，或是說，延緩她的病情，讓她能順利度過最後的日子。最後她仍然病故。日子一天天過去，孩子長大成人。接下來——這回我得承認這全憑想像——假設這個男人決定回到他度過童年的城市，找到當年誣陷他母親的人，大家能想見他置身於這塊傷心地的感受嗎？」

他的聲音迴盪在寂靜的客廳之間，伯爵夫婦竭力想要聽懂這番話，在他們明白眞相之後，臉上的恐懼與焦慮更是難以掩飾。伯爵喃喃地說：「先生，您究竟是誰？」

「我？當然是您在巴勒姆結識，並且多次應您之邀請來訪的佛利安尼騎士啊！」

「那麼，您剛剛說的故事有什麼意義？」

「喔，什麼也沒有！我純粹是動動心思推敲案情。我只是想，如果安麗葉的兒子還在人世，他會怎麼面對你們。他獨自一人犯下竊案，這一切僅是因爲他母親不但成了佣人，還越來越受到鄙視，孩子實在無法忍受目睹母親所受到的折磨。」

他的語調顯得壓抑，半起身靠向伯爵夫人。毫無疑問，佛利安尼騎士就是安麗葉的兒子。他的態度、說辭和指控在在說明了一切。他想要讓大家認出他的身分，這個意圖簡直是再清楚不過了！

伯爵開始遲疑。他應該怎麼對待這個膽大妄爲的傢伙？按鈴叫人來？讓醜聞爆發？還是揭開他的眞面目？但是，事情已經過了這麼久，會有誰願意承認孩童犯案的荒唐說法呢？不，最好接受現實，然後繼續裝迷糊。於是伯爵靠向佛利安尼，故作愉快地對他說：「您的故事眞是太有趣了，讓我很著迷。但是，依您看，這個孝順的年輕人後來有什麼發展？有了成功的開始之後，我希望他沒有放棄這個事業。」

「哈！當然不會。」

「可不是嘛！這個起步非同小可！他在六歲的時候，便成功竊得將瑪麗・安東妮推上斷頭台的項鍊！」

「而且，」佛利安尼順著伯爵的話，「得心應手。沒有任何人想到要去檢查窗玻璃，在他擦掉灰塵、抹去進出隔間的蹤跡之後，也沒有人因爲窗台太過乾淨而存疑。我們不得不承認，以他當時的年紀而言，這男孩還眞夠機伶！難道事情眞有這麼簡單？他只要伸出一隻手就能得逞嗎？其實，他本來……」

「但是他的確伸手偷竊。」

「伸出兩隻手！」佛利安尼笑著說完自己的話。

聽了他的話，大夥兒不禁打起寒顫。這個自稱佛利安尼的男人背後到底隱藏了什麼祕密？這個性喜冒險的年輕人經歷過什麼奇遇？他在六歲時便稱得上神偷，到了今天，他不知是爲了尋求刺激，或是心懷怨懟，來到受害者家中耀武揚威。他的舉動雖然大膽瘋狂，卻又不失賓客的儒雅與禮儀！

他起身走到伯爵夫人身邊，打算向她告別。看到伯爵夫人一陣瑟縮，他笑著說：「啊，伯爵夫人，您別害怕！這場在客廳裡的魔術演出是不是太冒昧了呢？」

她定下神，用一貫的輕鬆態度回應：「佛利安尼騎士，您這是哪兒的話。這個孝子的故事讓我非常感興趣，也很高興知道自己的項鍊有如此光明的轉折。但是，您難道不認爲這個……女人——安麗葉的兒子是天性如此嗎？」

夫人的話中帶刺，佛利安尼不禁打了個哆嗦。他說：「我相信這孩子就是有如此強韌的天性，才不至於頹廢喪志。」

「怎麼說呢？」

「您也知道的，項鍊上鑲嵌的寶石大多是贗品。除了幾顆從英國珠寶商手中買下的鑽石之外，其他的寶石早就被變賣應急了。」

「然而，這件首飾終究還是皇后的項鍊，」伯爵夫人高傲地說：「我認爲安麗葉的兒子永遠無法理解這一重點。」

「他應該知道，夫人，無論是眞是假，這條項鍊只是個用來炫耀的象徵。」

鐸勒伯爵作了個手勢想打斷對話，他的妻子立刻阻止他。

「先生，」夫人說：「如果這個竊賊懂得什麼是羞恥榮辱……」

佛利安尼冷冽的目光，嚇得她沒把話說完。

他重複她方才的句子：「如果這個竊賊懂得什麼是羞恥榮辱？」

她知道自己用這種方式說話佔不到便宜，於是，儘管她心中的氣憤難消，受傷的自尊心仍然難以平復，她還是以較為客氣的態度說：「先生，據傳雷托・威列特在拿到皇后的項鍊之後，和珍妮・法羅瓦一起拆掉了鑲嵌在項鍊上的寶石，但是絲毫沒有破壞鑲座。她知道鑽石不過是裝飾，是一種陪襯，而鑲座才是整件作品的精華，可謂藝術珍品，值得尊重。您覺得竊賊是否也能懂得這個眞諦？」

「我相信鑲座還完好無缺，那孩子也懂得尊重。」

「那麼，佛利安尼先生，如果您碰巧遇見他，請轉告他：儘管皇后的項鍊上原有的寶石早已被拆了下來，但是這件作品仍然代表著鐸勒—蘇比斯家族的榮耀，項鍊屬於這個家族，如同家族的名號和榮譽，密不可分，他無權留下項鍊。」

佛利安尼騎士淡淡地回答：「我會告訴他的，伯爵夫人。」

他向她鞠躬致意，在向伯爵和其他賓客一一道別之後，才走出門。

＊　　＊　　＊

四天之後，鐸勒伯爵夫人在臥室的桌子上看到一個飾有主教徽紋的紅色珠寶盒。她一打開盒子，就看到皇后的項鍊。

對於一個追求生命之一致性與邏輯性的人來說，接下來的事不得不做。要知道，正面的宣傳絕對不嫌多。第二天，在《法國迴聲報》出現一小段精采的報導：

亞森·羅蘋尋獲了名聞遐邇的「皇后的項鍊」首飾。這件遭竊的作品一度爲鐸勒—蘇比斯家族珍藏，由亞森·羅蘋歸還原主。讓我們同聲讚賀這件發揮騎士精神的義舉！

chapter 6

紅心七

我經常自問，也經常有人問我：「你到底是怎麼認識亞森・羅蘋的？」

大家都知道我認識他，沒有人會質疑。我不但掌握了關於這個神祕人物的許多細節，發表的文章也都有確鑿的事實根據，對於某些外人只摸得到皮毛的做法，我還能夠精闢解讀其中的奧妙。儘管亞森・羅蘋的行蹤飄忽無常，讓我們無法成為朝夕相處的密友，但是這些事證已經足以證明我們之間的友誼，以及互信的程度。

但是，我究竟如何認識這個人？怎麼得到他的賞識來為他寫傳？他為什麼選擇我，而非別人？

答案很簡單。命運主宰一切，由不得我來左右。是偶然裡我遇上了他，是機緣讓我捲入他的冒險故事，在他自我執導的場景中成為其中一角。這齣戲充滿晦暗與複雜的情節，離奇的轉折讓我如今寫來依然感覺到驚心動魄。

整個故事，就在我們經常提到的六月二十二日夜裡揭開序幕。當天晚上，我與幾個朋友在疊瀑餐廳用餐，我們一邊抽菸，一邊欣賞吉普賽樂團演奏哀傷的音樂。餐桌上的話題圍繞著犯罪事件、竊案以及一些手段殘暴的刑案打轉，說實在，這可眞無助於睡眠。當我回到家中的時候，我清楚感覺到自己的情緒與往常不同。

聖馬丁夫婦搭車離開，尚恩・達斯佩則在溫暖的夏夜裡陪我散步回家。在此一提，我這個迷人但行止大意的好友，在六個月之後，死於發生在摩洛哥邊境的一場悲劇當中。我們邊走邊抽菸，最後終於回到我在納依區的住處。這棟小宅邸座落在麥佑大道上，我在這裡才住了一年的時間。

他問我：「您從來不覺得害怕嗎？」

「怎麼會！」

「天哪，這個地方這麼偏遠！不但沒有鄰居，周遭還一片漆黑……說眞的，我不是什麼膽小的人，但是……」

「嗯，您啊，倒是興高采烈！」

「啊，我只不過隨口說說罷了。我到現在還想著聖馬丁夫婦剛才說的搶案呢！」

他和我握手道別之後便轉身離開。我掏出鑰匙，打開了門。

「眞是的，」我低聲咕噥：「安東尼忘了點蠟燭。」

接著我才突然想到，安東尼今天休假，人不在家。

屋子裡既陰暗又安靜，讓我覺得很不自在。我躡手躡腳，迅速上樓走進臥室，然後有別於以往的習慣，我拿鑰匙鎖門，還拉上門栓，接著立刻點亮蠟燭。

光線讓我恢復平靜，但是爲了謹慎起見，我還是從槍盒裡取出長柄左輪手槍，放在床邊，才終於安下心來。我上床準備睡覺，打算閱讀助眠，於是拿起每天晚上都放在床頭桌上的書。

昨天晚上我把裁信刀夾在書中當作記號，沒想到小刀竟然被換成一只蓋著五個紅蠟封印的信封，我不禁大吃一驚！我一把拿起寫著我的姓名，還標註「急件」的信封。

信！寄給我的信！是誰把信夾在書裡？我惶惶不安地拆開信封閱讀：

> 在您拆開這封信之後，接下來無論發生什麼事或聽到任何聲音，請您千萬不要輕舉妄動，也不可呼叫，否則後果難測。

我和達斯佩一樣，絕非生性膽小的人，願意挺身面對險境，對於假想而出的恐懼也懂得一笑置之。但是我得再次強調，這天晚上我的情緒沒有往常鎮定，不但緊張，而且容易受到驚嚇。此外，無論個性如何沉穩，碰到這種無法解釋的神祕事件，也會神經緊繃。

我緊緊抓著信紙，反覆閱讀信箋上的文字：「不要輕舉妄動……不可呼叫……後果難測……」

我心裡想，「胡鬧！這不過是個愚蠢的玩笑罷了。」

我幾乎要放聲大笑。是誰阻止了我？某種不知名的憂慮讓我笑不出來。我至少可以吹熄蠟燭吧？不，不行。信上不是說「不要輕舉妄動，否則後果難測」嗎？

何必做無謂的掙扎呢？我只要順著本能，閉上眼睛就好。於是，我闔上雙目。

就在同一個時候，安靜的屋子裡傳來一絲雜音，接著又是一陣碰撞聲。這些聲音似乎來自我放檔案櫃的書房裡。書房和我的臥室之間，僅以一間小接待室相隔。

危險就近在咫尺，我情緒高漲，想起身拿左輪手槍立刻衝進書房。但是我一動也沒動，因爲我正前方的左側窗簾下有了動靜。

我沒看錯，喔，我的確親眼看見窗簾擺動。在窗簾與窗戶之間狹窄的縫隙，有個人擋在中間，使得窗簾布料下垂的方式不太自然。這個人看得到我，他一定是藏身在厚重的布料後頭觀察我。這下子我終於懂了，他的同夥在隔壁翻箱倒櫃，他負責在這裡留守。我想要起身，想去拿手槍？這根本不可能。他人就在那裡看著！我只要有所行動，或是出聲呼叫，他絕對不會讓我好過。

屋裡傳來一聲巨響，隨後出現三三兩兩的敲擊聲，聽起來彷彿是有幾個人拿著榔頭敲擊牆面，然後又反彈了起來。其實我應該說，這極可能是我在腦筋混沌狀況下的胡思亂想。

敲擊的噪音未曾間歇，這表示來人不僅大膽，並且肆無忌憚。

歹徒沒料錯，我一直不敢動。這難道是怯懦嗎？不，這比較像是全身無力，無法動彈。同時，這也是個聰明的決定。我何苦反抗呢？在臥室裡有個人正監視我，他可能還有十多個同夥可以隨時支援。幾幅壁毯和一些小玩意兒，還不值得我拿性命作賭注。

這番折騰持續了一整個晚上，我心裡的焦慮和恐懼簡直難以形容！聲響終於停了下來，但是我仍然在等待，以爲他們會重新開始。那個男人！在臥室裡看守我的男人甚至手持武器！我驚恐萬分地盯著他看，不敢移開半點視線。我的心跳劇烈，前額冒出汗珠，全身汗流浹背。

突然間，我整個人放鬆了下來。街上傳來熟悉的牛奶車聲響，同時，晨曦透過百葉窗的縫隙，漸漸照入昏暗的室內。

房間裡終於充滿光線，越來越多的車子駛上了街道，驚心動魄的一夜終於結束。

我慢慢地伸手探向床頭桌，窗前的人沒有移動。我緊盯著窗簾的皺褶，找出男人確切的位置，經過仔細的盤算之後，迅速地拿起手槍朝他開了一槍。

我跳下床，口中一邊大喊，衝到窗簾旁邊。窗簾和玻璃都被我打穿了，但是我卻沒有射中搶匪……原因是：窗簾下根本沒躲人。

沒有人！這麼說，讓我整個晚上動彈不得的，竟然是窗簾的皺褶！而歹徒就趁這段時間……我壓不下滿腔怒火，一鼓作氣地轉動門鎖上的鑰匙，打開門穿過接待室，然後拉開書房的門衝進去。

我目瞪口呆地站在門口，這回，比方才在窗簾後沒看到人影還要讓我驚訝，書房裡什麼也沒少。我原以爲會被洗劫一空的家具、畫作和古董刺繡，全都原封不動地放在原處！

這實在令人不解！我簡直無法相信自己的眼睛。但是，昨晚搬動物品的噪音又是怎麼一回事？我仔細檢查整間書房，沒放過任何一吋牆壁，也沒漏掉熟悉的擺設。什麼也沒少！更讓人難以理解的是，歹徒沒有留下任何蹤跡或腳印，連椅子都沒動過。

「這是怎麼一回事？」我抱著頭自言自語，「我又沒瘋！我明明聽見聲音！」

我以調查犯罪現場的精確方式，一吋一吋地檢查整個書房，卻仍一無所獲。唯一的例外，是我在一塊波斯小地毯下方的地板上發現了一張撲克牌。這是一張紅心七，乍看之下，和一般的紅心七沒有兩樣。但是我注意到一個相當奇特的細節。在七個紅心圖案的尖端，都有一個規則的圓形小孔，這應該是用穿孔器打出來的小孔。

沒別的了，我手上只有一張撲克牌和一封信。除此之外，什麼都沒有。這是否足夠證明一切並非出自我的幻想？

＊　　＊　　＊

我花了一整天的時間搜索書房。這間書房很大，與整棟房子形成奇怪的比例，此外，裡面的裝潢也忠實地呈現出原屋主怪異的喜好。地板以多種顏色的小磁磚拼貼出對稱的大圖案，牆上同樣也以小磁磚拼貼出龐貝的故事、拜占庭風格的圖形，以及中世紀的濕壁畫。其中有一幅拼貼畫作中，酒神巴卡斯跨坐在酒桶上，另外一幅作品的主角則是個頭戴金冠、鬍鬚花白，右手持著一柄長劍的國王。

在這些作品的最上方有扇窗戶，是整間書房裡唯一的窗戶。即使在夜裡，我們也不關窗，這些個歹徒可能架起階梯，就是從這裡進到屋裡來。但是我對此一樣質疑。如果他們眞的架起梯子，應該會在外面院子裡留下梯腳的痕跡，屋子四周的草地上也會有腳印，但是我什麼都沒找到。

我得承認，我並不想報警，因爲擺在我眼前的事證既不合理又十分荒唐。這絕對是有人在開我玩笑。但是，第二天正好是我爲《布拉斯報》撰稿的日子，於是我將這個百思不解的際遇一五一十地報導出來。

不少人讀到了這篇文章，但是嚴肅看待的人並不多，讀者多半認爲這是虛構的故事，而不是眞實事件。連聖馬丁夫婦也著實嘲笑了我一番。然而，對犯罪事件極有心得的達斯佩不但親自到訪，還仔細研究了案情。同樣的，他也查不出蛛絲馬跡。

幾天之後的某個早晨，安東尼聽到門鈴前去應門，回報外頭有位先生想和我談話，但又不願意報上姓名。我要安東尼讓他上樓。

這位先生大約四十出頭，皮膚曬得黝黑，表情機伶，衣著也很合宜，只是稍嫌老舊，顯然是有意藉由優雅的外表來掩飾粗俗的舉止。

他沒有客套問候，直接用沙啞的嗓音表明來意，說話的口音證實了我對他社會地位的猜測。

他說：「先生，我在咖啡館裡碰巧讀到您在《布拉斯報》上的報導，您的文章讓我很……非常感興趣。」

「謝謝您。」

「所以我直接來找您。」

「這樣啊！」

「是的，來找您談談。請問您寫的都是實情嗎？」

「一點兒也不假。」

「沒有任何一個細節是出自您的想像？」

「的確如此。」

「那麼，也許我能提供您一些情報。」

「請說。」

「不。」

「怎麼不行？」

「在說出情報之前，我必須確認您報導的眞假。」

「您要怎麼確認？」

「我必須單獨留在這間書房裡。」

我驚訝地看著他，然後說：「我不覺得……」

「我在閱讀您的報導時，突然有個想法。您所敘述的細節，和我某個特殊遭遇有異曲同工之妙。如果是我猜錯，最好保持沉默。唯一能夠查證的方法，就是讓我單獨留在這裡。」

這個提議的背後到底隱藏著什麼祕密？事後我回想起來，這個男人說出提議的時候，態度似乎有些焦急，且形於神色。但是當時我雖然震驚，卻並不覺得他的提議有什麼可疑之處。何況，他的說法引起了我的好奇心！

我回答：「好吧，您需要多久時間？」

「喔，三分鐘就夠了，之後，我會出來找您。」

我離開書房，到樓下拿出懷錶計時。一分鐘，兩分鐘過去了……爲什麼我有種緊張的感覺呢？爲什麼這短短的幾分鐘彷彿比其他時間來得沉重？

兩分三十秒……兩分四十五秒……突然間，我聽到有人開槍。

我三步併作兩步爬上樓梯，衝進書房。眼前的景象讓我驚呼出聲。

男人橫臥在書房中央，鮮血夾雜著腦漿流得一地。一把左輪手槍掉落在他的手邊，槍口還冒著煙。他抽搐一下，接著就沒了動靜。

眼前的一幕已經夠嚇人了，但是我發現離男人腳邊不遠的地上，竟然有一張紅心七撲克牌！這個發現讓我忘了立刻呼救，也忘了要跪下來測測他是否還有鼻息。

我撿起撲克牌，牌上的七顆紅心尖端各有一個小圓孔……

* * *

半個小時之後，納依區的警察局長帶著法醫，陪同警察總局帝杜伊局長一同來到我家。我非常小心，未曾去碰觸屍體，沒有影響到警方的初步勘查。調查非常簡短，警方什麼也沒找到。死者的口袋裡不見任何證件，衣服也沒繡上姓名縮寫。總之，毫無線索足以辨識他的身分。此外，書房裡的擺設和先前完全相同，還留在原來的位置。然而這個男人不可能專程來到我家，選擇這個地點自我了斷！他在萬念俱灰下做出這個決定之前，一定懷有個動機，而在他獨處的短短三分鐘之內，一定領悟到某種他事前不知道的眞相。

什麼眞相？他看到了什麼？爲什麼感到驚訝？他發現了什麼重大的機密？警方沒有找到答案。

就在最後一刻，突然出現一個重大的轉折。當兩名警探彎下腰，打算將屍體抬到擔架上的時候，死者緊握的左手鬆了開來，他們發現一張揉皺的名片。

名片上印的是：**喬治‧安德麥，貝利街三十七號**。

這張名片有什麼意義？喬治‧安德麥是巴黎銀行界耆老，一手創立了金屬交易銀行且身兼董事長，是法國金屬業界的重要推手。他度日奢華，名下不但有好幾輛名貴的汽車，私人馬廄還培養出好幾匹明星賽馬。他經常在宅邸舉辦名流盛會，安德麥夫人的優雅與美貌尤爲眾人矚目的焦點。

「死者難道就是他？」我低聲問。

帝杜伊局長靠向我，說道：「不是他。安德麥先生膚色白皙，頭髮有些灰白。」

「那麼這張名片怎麼會出現在這裡？」

「先生，您這裡有電話可以借用嗎？」

「有的，在衣帽間裡，請隨我來。」

他先翻找電話簿，然後要接線生爲他接到四一五二一。

「請問安德麥先生在嗎？麻煩您轉告他，帝杜伊局長請他盡快到麥佑大道一〇二號來一趟，有緊急事件。」

二十分鐘之後，安德麥先生走下車。警方爲他說明爲何請他前來現場，接著帶他辨認屍體。看到死者，安德麥先生的面容先是僵硬了一下，接著，他以低沉的聲音脫口說：「是艾堤恩・瓦藍。」

「您認識他嗎？」

「不認識……應該說，我見過他。他的哥哥……」

「他有兄弟？」

「有的，叫做亞佛多・瓦藍。這個哥哥曾經來找過我……但是我忘了所爲何事。」

「他住在哪裡？」

「兩兄弟住在一起，好像在普羅旺斯街。」

「您知不知道他爲什麼自殺？」

「完全不清楚。」

「但是，他手上握著一張名片……上面有您的名字和地址！」

「我眞的不懂。這肯定純屬巧合，各位一定能查出眞相。」

我心想，就算是巧合，也未免太過詭譎。我相信在場眾人也有同樣的感覺。

第二天的報導，以及聽我描述過整件事的朋友，亦抱持相同的看法。神祕的氛圍籠罩一切，謎一般的兩次事件都以我家爲場景，兩次都出現鑽了七個孔的紅心七撲克牌，這張名片可能是唯一能引導我們找出眞相的線索。

但是出乎意料之外，安德麥先生並沒能提供有效的訊息。

「我把知道的都告訴你們了，」他再次重申：「你們還要知道什麼呢？你們在死者身上找到這張名片，我比任何人都驚訝。而且，我跟大家一樣期望眞相大白。」

他並沒有如願。警方查出瓦藍兄弟原籍瑞士，使用好幾個不同的假名進行不法活動，經常出入賭場，夥同警方追緝中的一群外國人犯下尚未偵結的搶案。六年前，這對兄弟的確住在普羅旺斯街二十四號，但是沒有人知道他們之後的行蹤。

我認爲這個案子太過複雜，破案無望，於是盡量不去多想。但是尚恩・達斯佩卻另有見解。這陣子以來，我經常和這個朋友見面，發現他的興趣一天比一天濃厚。

他告訴我，本地的報紙紛紛轉載了一篇外電報導，並且大肆評論：

新型潛艇的試航，將在皇室成員的見證下，於尚未揭曉的祕密地點舉行。這艘新型潛艇將徹底顛覆未來海軍的作戰方式。據消息來源透露，潛艇命名為：紅心七。

紅心七？這是個偶發事件？還是說，這艘潛艇的名字和先前的事件有某種程度的關連？會是哪方面的關連呢？發生在這裡的案件，怎麼可能會和外國的潛艇試航有關呢？

「這您怎麼會知道呢？」達斯佩對我說：「看似偶發的不相關事件，通常會有共同的淵源。」

第三天，又出現了另一項傳聞。

傳聞指出，紅心七新型潛艇的試航計畫原由法國工程師策劃執行，由於無法取得同胞的經濟支援，轉向英國海軍尋求協助，卻仍然遭拒。

我不想在這場引起軒然大波的事件上多加著墨。但是如今，這個事件可能引起的危險性已告一段落，因此我不得不提起《法國迴聲報》一篇同樣引人注目的報導。這篇文章爲大家口中的紅心七事件提出一些含糊的線索。

以下爲報導全文，署名的記者是薩爾瓦多。

紅心七事件——揭開面紗的一角

記者在此將盡可能地爲您摘要報導。十年前，年輕的礦業工程師路易．拉龔伯爲了完全投入手邊的研究計畫，於是辭去工作，租下位於麥佑大道一〇二號的一棟小宅邸。小宅邸新近落成，才剛裝潢好，主人是一位義大利伯爵。路易．拉龔伯僱用了來自瑞士洛桑地區的瓦藍兄弟擔任助手，其中一人協助他進行實驗測試，另一人則負責尋求贊助。透過瓦藍兄弟，拉龔伯結識了銀行家喬治．安德麥，這個時候，安德麥才剛創辦金屬交易銀行不久。

經過幾次面談，安德麥先生表達出對於潛艇計畫的高度興趣，並且同意在計畫底定之後，將透過自身的影響力來協助拉龔伯尋求法國海軍支持試航。

接下來的兩年之間，路易．拉龔伯頻繁出入安德麥的宅邸，向這位銀行家報告計畫的進展。最後，拉龔伯終於得到了滿意的成果，於是請求安德麥與海軍相關單位溝通。

這天，路易．拉龔伯與安德麥共進晚餐，在十一點半左右離開安德麥宅邸。自此之後，就失去蹤影。

記者查閱過當時報紙，發現拉龔伯的家人曾經爲失蹤案件尋求檢警單位的協助，但是毫無所獲。當時推測這個不循常規又經常異想天開的年輕人，有可能在沒告知親人的狀況下，獨自離家旅行。

儘管這套解釋讓人難以置信，但倘若情況眞是如此，那麼，大家不得不思考一個攸關國運的問題：潛艇的藍圖在哪裡？路易・拉龔伯把整個計畫都帶走了嗎？還是銷毀了所有的文件？

本報特別針對這個問題展開深入的調查，發現潛艇的藍圖仍然完好保存在瓦藍兄弟手上。他們是如何取得的，目前尚無法得知。至於這對兄弟爲何沒有出售藍圖，也依然是個難解之謎。瓦藍兄弟是否擔心自己取得資料的方式太啓人疑竇？本報在此證實，瓦藍兄弟並沒有堅持，路易・拉龔伯的潛艇藍圖早已落入某外國強權手中。本報即將公開瓦藍兄弟與此外國強權之信件往來。路易・拉龔伯親手設計的紅心七潛艇，已經由鄰國打造完成。

潛艇是否達到叛國者的期待？我們希望情況適得其反，也有理由相信事實將證明一切。

文章結尾處還有一段後記：

最新報導——本報的推測正確無誤。根據特定消息來源指出，紅心七潛艇的試航情況令人不盡滿意。據推斷，有可能是瓦藍兄弟的藍圖當中，欠缺路易・拉龔伯在失蹤當晚帶給安德麥的關鍵資料，也就是最後計算及測量的結果。沒有這份資料，藍圖便不夠完整，也毫無用處。

正因爲如此，我們仍然有時間採取必要的行動以期收回文件。爲此，本報特別呼籲安德麥

先生提供協助，開誠布公爲我們說明一切，說明他爲何沒有在艾堤恩・瓦藍自殺當天坦承說出實情，爲何沒有道出潛艇藍圖已經遺失。此外，安德麥先生也應該解釋爲什麼在這六年當中，斥資聘僱專人監視瓦藍兄弟的一舉一動。

我們謹此等待安德麥先生以行動——而非光以言語來回應，否則，請自負後果。

報導中，威脅的意味十分強烈。但是會怎麼做？撰稿者薩爾瓦多會對安德麥施展出什麼恫嚇的手段？

記者群起圍訪安德麥，十來個採訪成功的記者紛紛抱怨安德麥的態度高高在上。《法國迴聲報》的記者則以一小段文字表示：

無論安德麥先生是否願意，從此刻起，他都將成爲本報持續調查報導的人物。

* * *

短文見報當晚，達斯佩和我共進晚餐。那天晚上，我們把所有報紙攤放在桌上，兩人一起討論，以各種不同角度來檢視案情，然而我們卻如同霧裡看花，總是摸不清頭緒，碰到相同的盲點。

這時門突然開了，一位頭戴面紗遮臉的女士逕自走進來，事先門鈴沒響，也沒經過僕人通報。

我立刻起身向前，她問道：「先生，住在這裡的就是您嗎？」

「是的，夫人，但是……」

「外面的柵門沒關。」她作此解釋。

「但是大廳的門呢？」

她沒有回答，我猜想她應該是繞到後面，走僕人的樓梯上樓。這麼說，她知道這棟房子的配置？

大家尷尬地靜默了一會。她看了達斯佩一眼，我只好先爲她介紹，接著請她坐下說明來意。

她掀起面紗，在我面前的是一位棕髮女子，五官端正，迷人的眼眸爲她添增無限風采。然而這雙眼睛卻是如此的哀傷淒苦。

「我是安德麥夫人。」

「安德麥夫人！」我驚訝地重複她的話。

好一下子，沒有人開口出聲。接著，她鎮定地說：「我是爲了……您應該知道的那件事而來。我想，也許可以向您探問一些消息……」

「天哪，夫人，我知道的不比報紙的報導來得多。請您明說，我究竟可以幫得上什麼忙。」

「我不知道……不曉得……」

我這時才察覺她其實只是強裝鎮定，以冷靜外表來遮掩波動的情緒。於是大家都沒說話，氣氛與方才一樣困窘。

達斯佩的眼光一直沒有離開她，默默仔細觀察。這時候，他走向前去問道：「夫人，我可以冒昧請教您幾個問題嗎？」

「喔，好的，」她回答：「這樣，我才知道該怎麼說起。」

「無論我怎麼問，您都會回答，對嗎？」

「是的，您儘管問。」

他想了一下，然後說：「您認識路易．拉襲伯嗎？」

「是的，透過我丈夫的關係才認識。」

「您最後一次見到他，是在什麼時候？」

「在我家共進晚餐的那一天。」

「那天晚上，有沒有任何蛛絲馬跡，讓您發現以後可能再也見不到他？」

「沒有。他的確提過想到俄羅斯旅行，但他只是隨口說說罷了。」

「所以，您打算與他再次會面？」

「是的，原來訂好後天一起用晚餐。」

「您對他的失蹤有什麼看法？」

「我毫無頭緒。」

「安德麥先生的看法呢？」

「這，我就不知道了。」

「但是……」

「請您別再繼續追問。」

「《法國迴聲報》的報導似乎暗指……」

「文章中是說，瓦藍兄弟和拉襲伯的失蹤有關。」

「您也是這麼想？」

「是的。」

「您的猜測有什麼根據？」

「路易・拉襲伯離開我家的時候拎著一個公事包，裡面裝著與計畫相關的文件。兩天後，我丈夫和瓦藍兄弟其中一人會面——還活著的那一個，得知資料在他們手中。」

「但是他沒有報警？」

「沒有。」

「為什麼？」

「因為，在那個公事包裡還有路易・拉襲伯的其他文件。」

「什麼文件？」

她猶豫了一下，幾乎就要吐出答案，但最後還是緘默不語。達斯佩繼續問：「這就是您的丈夫沒有通知警方，卻派人監視瓦藍兄弟的原因。他希望能一次找回潛艇的資料和這些文件……瓦藍兄弟一定是拿這些文件向他勒索。」

「勒索他……也勒索我。」

「啊？同樣也勒索您？」

「主要是針對我而來。」

她以沙啞的聲音說完這句話。達斯佩看著她，然後在房裡踱步，接著回到她身邊發問：「您是不是寫過信給路易．拉襲伯？」

「當然有……我丈夫和他有往來……」

「除了公事的信件之外，您是否寫過……其他信給路易．拉襲伯？請恕我詳問，但是我必須釐清整件事。您是不是寫了其他的信？」

安德麥夫人滿臉緋紅，囁嚅地說：「是的。」

「瓦藍兄弟拿到了這些信？」

「是的。」

「這麼說，安德麥先生也知情？」

「他並沒有讀到信，不過亞佛多．瓦藍告訴他有這麼一些信件，並且語出威脅，表示如果我丈夫舉報他們，就會公開這些信。我的丈夫才會開始害怕……他不願意面對醜聞。」

「但是他試過，打算把信件搶回來。」

「他的確試過……至少，我是這麼想的。自從他和亞佛多·瓦藍談過話之後，我們起了嚴重的爭執，他認爲我該負責。此後，我們形同陌路。」

「既然這樣，您何不放手一搏？您擔心的是什麼？」

「儘管他現在對我如此冷淡，但是，他曾經深愛過我，他應該還可以繼續愛我的！噢！我沒辦法確定，」她以熾熱的語氣低聲說：「如果他沒有拿到這些該死的信，他還會愛著我……」

「什麼！他拿到了嗎……可是瓦藍兄弟仍然繼續勒索他？」

「是的，瓦藍兄弟甚至還誇口，說他們把信件藏在一處安全地點。」

「所以呢？」

「我相信我丈夫找出了這個地點！」

「怎麼可能？信藏在哪裡？」

「這裡。」

我跳了起來。「這裡？」

「對，我也一直這麼猜。路易·拉襲伯熱中機械設計，空閒的時候總喜歡製作保險箱和各種鎖頭。瓦藍兄弟八成也是這麼想，才會在事後用這些祕密設計來藏信……他們一定還藏了別的東西。」

我大聲抗議：「但是他們並不住在這裡。」

「在您搬進來之前，這個房子空了四個月的時間。他們有可能回來過這邊，並且認爲如果他們需要回來找文件，就算您住在屋裡，也不會造成妨礙。但是他們沒想到我的丈夫會在六月二十二日晚上進屋來撬開保險櫃，取走……他想找的東西，然後留下一張撲克牌，向瓦藍兄弟表示他不再處於他們的威脅之下，情勢已經逆轉。兩天之後，艾堤恩·瓦藍讀到《布拉斯報》的報導，於是急忙來到這裡，單獨留在房內打開保險箱，發現裡面空無一物，於是開槍自盡。」

過了一會兒，達斯佩問道：「這只是您的推論，是吧？安德麥先生什麼也沒向您說？」

「沒有。」

「他對您的態度可有任何改變？有沒有變得更陰沉或更不安？」

「也沒有。」

「您覺得他如果真的拿到信，他的態度會這般一如往常嗎？依我看，他並沒拿到。我覺得當晚進屋裡來的人不是他。」

「那麼會是誰哪？」

「這個神祕人物在幕後操縱一切，我們只看到複雜布局當中的一角，打從一開始，我們就感受到他強而有力的組織本領。是他帶著同夥在六月二十二日晚上潛入屋裡撬開保險櫃，留下安德麥先生名片的人也是他。他打算揭發瓦藍兄弟叛國的證據。」

「他是誰？」我焦急地打斷達斯佩的話。

「當然是《法國迴聲報》的記者薩爾瓦多！難道還不夠明顯嗎？他透露出來的資訊，只有挖出瓦藍兄弟祕密的人才會知曉。」

「如果是這樣，」安德麥夫人神情驚恐，結結巴巴地說：「他也拿走了我的信，現在換成他來勒索我丈夫！天哪，這該如何是好。」

「寫信給他，」達斯佩簡明扼要地說：「把事情的原委毫無保留地告訴他。」

「您說什麼？」

「您和他有共同目標。他一定會對亞佛多・瓦藍採取行動，他並不想打擊安德麥先生，但絕對不會放過亞佛多・瓦藍。您必須幫助他。」

「怎麼幫呢？」

「您的丈夫手中是不是有路易・拉龔伯最後那一份文件？」

「是的。」

「把這件事告訴薩爾瓦多，如果有必要，想辦法幫他取得資料。總之，先和他通信，您不會有任何風險的。」

這個提議既大膽又危險，但是安德麥夫人別無選擇。就如同達斯佩方才所說的，她會有什麼風險呢？如果這個神祕陌生人是敵人，這個舉動不可能讓情況更糟。如果他另有特殊目的，夫人和拉龔伯之間的信件也不會是他的首要考量。

無論如何，安德麥夫人眼前只有這個方法，在絕望之下，她決定欣然接受。她情緒激動地向我們道謝，保證一定會把後續發展告訴我們。

過了兩天，她將薩爾瓦多的回覆寄給我們：

> 信件不在保險箱裡，但是我會取到手，請不必擔心，交給我處理。薩。

我拿起信紙研究，信上的字，和我在六月二十二日晚間收到的便條紙上筆跡相同。達斯佩的推斷果然沒錯，薩爾瓦多的確是整件事的幕後主導者。

* * *

事實上，在這一片混沌當中，我們已經開始看到曙光，某些重點也出乎意料之外地越來越清晰。然而，許多謎團仍舊沒有解開，其中包括那兩張紅心七撲克牌。也許是因爲這兩張紅心尖端穿了孔的撲克牌太令我疑惑。這兩張紅心七在整樁事件中究竟扮演什麼角色？重要性何在？依據路易·拉龔伯藍圖打造的潛艇也命名爲「紅心七」，對此，我們又應該如何看待？

至於達斯佩呢，他把撲克牌的問題擱置一旁，積極處理他認爲最重要的問題：尋找保險箱。

「誰曉得呢，」他說：「說不定我會發現薩爾瓦多沒能找到的信件，他有可能疏漏了。既然瓦藍兄弟把這些信件當作極具價值的武器看待，他們不太可能把信從安全的地方取出來。」

他不斷地找，很快就把大書房摸得一清二楚，接著他把觸手伸到整棟屋子，從裡搜到外，沒放過外牆的磚瓦石塊，連屋頂幾乎都被他掀了開來。

某天，他帶著鏟子和鋤頭來找我。

他把鏟子遞給我，拿起鋤頭，然後指著整片空地說：「動手吧！」

我跟在他的身後，卻提不起什麼興致。他先把空地劃分成幾個區域，然後逐一檢查。最後，他終於來到隔開這棟屋子與鄰居土地的圍牆旁邊，注意到雜草掩蓋住一堆瓦礫和小石塊，於是動手開始挖掘。

我只好跟著幫忙。我們在陽光下整整挖了一個小時，卻毫無所獲。接著，達斯佩的鋤頭刨開石塊下的泥土，碰到了一些骨頭，骸骨上還沾著衣物碎片。

我頓時覺得自己血色漸失，我看到泥土中插著一塊三角形的小鐵片，上頭似乎有紅色的痕漬。我彎下腰察看，我的確沒看錯。小鐵片約莫和撲克牌一般大小，上頭有七個以紅鉛畫出來的紅點，位置和紅心七撲克牌相同，每個紅點的尖端都打了個小孔。

「達斯佩，我受夠這整件事了。如果您有興趣，那麼請便，我不繼續奉陪。」

不知是情緒爆發，還是在豔陽下過度耗費體力工作，我只知道自己蹣跚離開現場，回屋裡在床上躺了整整四十八個小時，發著高燒，燥熱難當，夢魘不斷。夢境中，一堆屍骸不但圍著我起舞，還掏出血淋淋的心臟往我頭上扔。

達斯佩是個忠誠的朋友，天天都來看望我，但他總是花上三、四個鐘頭待在書房裡敲敲打打，翻東找西。

「那些信在這間書房裡，」他偶爾會過來告訴我，「一定在的，我很確定。」

「饒了我吧！」我仍舊心懷恐懼。

第三天早上，我雖然還很虛弱，但已經可以起床。享用過豐盛的午餐之後，精神更是好了許多，但是真正讓我痊癒的，是我在下午五點收到的一封信函。這封信又喚醒了我的好奇心。

先生：

在六月二十二日晚上登場的事件，如今終於接近尾聲。由於情況使然，我不得不安排事件的兩名主要人物在府上見面，如果閣下願意在今晚九點到十一點之間出借您的住處，我將感到無比感激。如果您方便，請在這段時間遣退府上僕人，我也建議您最好外出，讓兩個相關人物彼此對質。您應該記得在六月二十二日當晚，我原封不動地保留閣下的所有物品，不敢有所損傷。我對您不敢有心存懷疑，相信您會對這次的請求保持緘默。

薩爾瓦多謹上

這封信措辭有禮卻逗趣，他的要求稱得上異想天開，我覺得十分有意思。薩爾瓦多表現得隨性又迷人，對於我是否會答應他的請求，似乎極有把握。我不可能讓他失望，更不可能不知感激，去違背他的信賴。

晚上八點鐘，我的佣人拿著我送他的戲票出門。這時候達斯佩正好來訪，我把信件拿給他看。

「所以呢？」他問道。

「所以，我會打開花園的柵門，讓他們進來。」

「您呢，您也要避開？」

「想都別想！」

「但是，他已經開口要求……」

「他要求我保持緘默，我會照辦，但是我一定得親眼看到接下來的發展。」

「您說得對，我也要留下來，一定會很有趣的。」

一聲門鈴打斷我們的對話。

「他們已經到了？」他低聲說，「早到二十分鐘？不可能。」

我拉開前廳的百葉窗，看到一個女人穿過花園走來。來者是安德麥夫人。

她心神不寧，結結巴巴地說：「我丈夫……他來……這裡碰面，他會拿到……那些信……」

「您怎麼會知道？」我問她。

「無意間得知的。我丈夫在晚餐的時候收到信。」

「是快遞嗎？」

「是一封電報，家裡的佣人弄錯了，把電報遞給我。雖然我丈夫立刻拿走，但還是遲了一步，讓我瞥見電文。」

「您讀了電文……」

「內容大致是：『今晚九點，請攜帶相關文件前往麥佑大道交換信件。』晚餐後，我立刻回房，然後趕緊出門。」

「您沒讓安德麥先生知道？」

「沒有。」

達斯佩看著我，問道：「您有什麼看法？」

「我和您的看法相同，安德麥先生是應邀而來的事件相關人之一。」

「出面邀請的人是誰？有什麼目的？」

「我們馬上就可以知道了。」

我把兩人帶到書房裡。我們三個人坐在壁爐的絲絨布幔後面，安德麥夫人坐在中間，一起透過縫隙觀看書房裡的動靜。

大鐘敲響了九聲，沒多久，花園的鐵柵門發出嘎吱聲，有人推開門進來。

我的心裡忐忑不安，同時也興奮莫名。謎團的答案即將揭曉！我在這幾個星期以來碰到的奇遇終於可以得到合理的解釋，我馬上就要親眼目睹這場爭戰。

達斯佩緊握著安德麥夫人的手，低聲對她說：「無論如何，您千萬不要動！不管您聽到或看到什麼，都得沉住氣。」

有人走進書房，我立刻認出那是亞佛多・瓦藍。他長得和艾堤恩・瓦藍十分相像，兩兄弟一樣步伐沉重，長得滿臉大鬍子。

他的神情警覺，對周遭環境存有戒心，彷彿一個隨時會遭到埋伏的人，想要先嗅出陷阱，然後遠遠避開。他環視書房，我覺得他似乎對這個以布幔遮蓋的壁爐角落不甚滿意。他朝這個方向走了兩三步，但是另一個更重要的念頭驅使他回過頭去。他走到牆邊，來到用小磁磚拼貼出來的圖案前停下腳步，他盯著手持寶劍、長鬚花白的老國王仔細檢視，接著他站到椅子上，用手指劃過老國王的肩頭輪廓，觸摸人物的臉孔。

他突然從椅子上跳下來，離開牆邊。隨著腳步聲的接近，安德麥先生來到門口。

安德麥驚訝地高喊出聲：「您！是您要我來這裡的嗎？」

「怎麼可能是我？」瓦藍開口反駁，沙啞的聲音讓我想起他的弟弟。「明明是您寫信要我過來的。」

「我的信？」

「您署名的信件，表示您願意提供……」

「我沒有寫信給您。」

「您沒寫信！」

瓦藍立刻提高警覺，他提防的不是銀行家安德麥先生，而是引他踏入陷阱的不知名敵人。他又一次看向壁爐的角落，然後迅速走向門口。

安德麥擋住他的去路。「瓦藍，您要做什麼？」

「我們被設計了，我不喜歡這種感覺。我要走人，晚安。」

「等等！」

「聽著，安德麥先生，您不必多言，我們之間沒什麼好說的。」

「我們有很多事得談清楚，剛好可以利用這個機會……」

「別擋著我。」

「喔，不，您別想離開。」

安德麥態度堅定，瓦藍往後退了一步，不甘不願地說：「好吧，那就快點說，讓我們一次把事情解決。」

有件事讓我覺得很驚訝，我相信我身邊的兩名同伴也同樣失望。薩爾瓦多爲什麼沒有出現？

他難道不打算出面，不參與自己一手策劃的布局？光是安德麥和瓦藍兩人面對面，就能夠讓他得到滿意的答案嗎？我百思不得其解，不知他的缺席，是否會影響到這場精心安排、張力十足的雙人對決。

過了一會兒之後，安德麥先生靠向瓦藍，面對著面，直視他的雙眼。「事情已經過了這麼多年，您也不需要害怕。老實說吧，瓦藍，您把路易・拉襲伯怎麼了？」

「問得好！您以為我知道答案嗎？」

「您一定知道！你們兩兄弟和他幾乎是形影不離，經常留宿在這棟房子裡，對他的工作計畫一清二楚。最後那天晚上，當我陪路易・拉襲伯走到我家門口的時候，看到暗處有兩個人影。對此，我可以發誓。」

「發誓又怎麼樣？」

「就是你們兩兄弟，瓦藍！」

「您得提出證明。」

「最好的證據，是在兩天之後，你們把到手的文件裝在拉襲伯的公事包裡，拿到我家出售。這些文件怎麼會落到你們手上？」

「我告訴過您，安德麥先生，在拉襲伯失蹤的第二天早上，我們在他的桌上發現那些資料。」

「謊話連篇！」

「請您提出證據。」

「司法單位可以證實。」

「那麼您何不向司法單位舉報？」

「爲什麼？啊，爲什麼……」

他沉下臉，沒說完話。

瓦藍說：「瞧，安德麥先生，如果您有把握，那麼我們微不足道的威脅也不可能造成任何影響……」

「什麼威脅？那些信嗎？你們以爲我眞的相信？」

「如果您認爲那些信並不存在，何必要求花錢買回這些東西？又何必派人追查我們兄弟兩人的行蹤？」

「爲了拿回重要的藍圖。」

「胡說！就是爲了那些信。只要一拿到信，就會舉發我們。不可能的，我絕對不會交出來！」

他突然放聲大笑，隨後又突兀地停下來。「夠了，同樣的話不必一再重複，不可能有進展。我們到此爲止。」

「不，」安德麥說：「既然您提到信，那麼，在把信交給我之前，別想離開。」

「我就是要走。」

「不，不行！」

「聽著，安德麥先生，我建議您……」

「您出不去的。」

「我們走著瞧！」瓦藍忿忿地說。這時，安德麥夫人嚇得輕喊了一聲。

他一定聽到了，因爲他想強行走出書房。安德麥先生用力推了瓦藍一把，我看到瓦藍把手伸進外套的口袋裡。

「我再說最後一次！先把信交出來！」

瓦藍掏出手槍，瞄準安德麥先生。「讓不讓我走？」

安德麥先生迅速地低下身子。

我們聽到一聲槍響，瓦藍手中的武器掉了下來。

我大感震驚，槍聲竟然來自我的身邊！達斯佩一槍打落亞佛多・瓦藍手中的左輪手槍。

他突然站到兩人中間，面對瓦藍冷笑了一聲。

「朋友，您很幸運，非常的幸運。我瞄準您的手，卻打中您手上的槍。」

兩人呆若木雞，楞楞地看著達斯佩。他對安德麥說：「先生，捲入這件與我無關的事，多管了閒事，還請您見諒。但是老實說，您的招數實在太笨拙，請讓給我出牌吧！」

接著他轉頭對瓦藍說：「就你我兩人來玩吧，這位朋友，還有，請你手腳乾淨點。王牌是紅心，我出紅心七。」

他將塗了七個紅點的小鐵牌拿到瓦藍眼前。瓦藍的表情讓我大吃一驚，他的臉色鐵青，雙眼圓睜，五官扭曲，似乎被眼前的景象嚇到動彈不得。

「您是什麼人？」他幾乎說不出話。

「我剛才說過了，一個多管閒事的人，但是我決定管到底。」

「您想要什麼？」

「我要你帶過來的所有東西。」

「我什麼也沒帶。」

「絕對有，否則你不會來。今天早上你收到一封信，要你在九點鐘帶著手邊的資料過來。你果然出現了！文件在哪裡？」

達斯佩說話的方式以及他的態度，帶著一種我從未見過的威嚴。我所認識的達斯佩一向溫和。瓦藍震懾於他的威嚴，伸手指著自己的口袋。「文件在這裡。」

「全都帶來了嗎？」

「是的。」

「所有你從路易・拉襲伯公事包裡拿來，並且賣給馮・黎本少校的文件？」

「沒錯。」

「這是正本嗎？」

「是正本。」

「你打算賣出多少錢？」

「十萬法郎。」

達斯佩哈哈大笑。「你瘋了！少校只不過付給你兩萬法郎。這兩萬法郎簡直白花了，因爲試航完全不成功。」

「那是因爲他們不懂得如何使用藍圖。」

「是因爲藍圖不完整。」

「那您何必買下藍圖？」

「我有需要。我出價五千法郎，一毛錢也不會再加。」

「一萬，一毛也不能少。」

「成交。」

達斯佩回頭看安德麥先生。「請您簽張支票。」

「但是……我沒帶……」

「沒帶支票本？來，在這裡。」

安德麥驚訝地翻看達斯佩遞給他的支票本。「是我的支票本沒錯……怎麼會這樣？」

「多說無益，親愛的安德麥先生，您只管簽名就好了。」

這位銀行家掏出筆來簽下名字，瓦藍伸出手想拿。

「別亂動，」達斯佩說：「事情還沒搞定。」然後他對安德麥先生說：「另外，您還想要拿回一些信？」

「是的，有一疊信件。」

「瓦藍，信在哪裡？」

「不在我手上。」

「在哪裡，瓦藍？」

「我不知道，是我弟弟負責藏信的。」

「信就藏在這個房間裡。」

「如果是這樣，您知道藏在什麼地方。」

「我怎麼會曉得？」

「不是您找到保險箱的嗎？您的消息似乎很靈通……和薩爾瓦多不相上下。」

「保險箱裡沒有信。」

「絕對在裡面。」

「去打開。」

瓦藍的眼神中充滿了懷疑，達斯佩和薩爾瓦多是不是同一個人？一切都導向這個推論。如果眞是這樣，他在知道保險箱位置的人面前動手，就不會有什麼損失。但是如果這個推論錯誤，他也不必做無謂掙扎……

「打開！」達斯佩又說了一次。

「我沒有紅心七撲克牌。」

「有，這張就是。」達斯佩拿起鐵牌說。

瓦藍驚恐地往後退。「不……不，我不要……」

「難道這張沒辦法……」達斯佩靠向長鬚灰白的老國王，爬到椅子上，把紅心七放在寶劍的把手下方，讓鐵片覆蓋刀刃。接著，他用錐子逐一插向鐵牌上的七個孔，壓下七片小磁磚。當他壓下第七片磁磚的時候，啓動了保險箱的機關，老國王的胸像嘎的一聲旋轉開來，後面貼著鐵片的凹洞和保險箱一模一樣。

「瓦藍，你看，保險箱是空的。」

「的確是空的，那麼，一定是我弟弟拿走了那些信。」

達斯佩向他走過去，然後說：「別耍詐，還有另一個保險箱。它在哪裡？」

「沒有別的保險箱。」

「你要的是錢嗎？要多少？」

「一萬法郎。」

「安德麥先生，對您來說，這些信值這個數目嗎？」

「值得。」安德麥堅定地說。

瓦藍關上保險箱，不情不願地拿起紅心七鐵牌放在寶劍把手下方，與方才的位置相同。他一次壓下鐵牌下方的小磁磚，機關再次啓動，但是這一回卻出乎大家的意料之外，在大保險箱門上出現了一個小保險箱。

用細繩綑起的一疊信件就藏在裡面，瓦藍拿起信，遞給達斯佩。

達斯佩問道：「安德麥先生，支票簽好了嗎？」

「準備好了。」

「您手上也有路易．拉龔伯最後一份可以讓潛艇計畫完整無缺的資料？」

「是的。」

交易底定。達斯佩把文件和支票放進口袋裡，然後將信件交給安德麥先生。

「安德麥先生，這就是您要的東西。」

安德麥猶豫了一會，似乎害怕去碰觸這些他尋找已久的可憎信件。接著，他緊張地拿了起來。

我身邊的安德麥夫人呻吟了一聲。我拉起她的手，發現她的手異常冰冷。

達斯佩對安德麥先生說：「先生，我們的對話應該就此告一段落了。啊，請您不必感謝我了。

我能夠幫得上您的忙，全是命運的安排。」

於是，安德麥先生帶著妻子寫給路易・拉龔伯的信，離開了書房。

「太好了！」達斯佩高興地歡呼，「一切圓滿解決。朋友啊，現在只剩下我們自己的問題了。你的文件呢？」

「全都在這裡。」

達斯佩仔細翻閱文件，然後放進口袋裡。

「好極了，你果然言而有信。」

「但是……」

「但是什麼？」

「那兩張支票呢？……那些錢？」

「好傢伙，虧你還問得出口！怎麼，你還想要錢？」

「那是我應得的。」

「偷來的文件還敢出價賣？」

瓦藍氣得直發抖，雙眼充滿血絲。

「錢……兩萬法郎……」他開始結巴。

「不可能給你，我自有用處。」

「錢！」

「你講講道理吧，還有，犯不著拿出七首嘛！」

達斯佩突然抓住瓦藍的手臂，他痛得叫出聲來。

達斯佩接著說：「去吧，朋友，新鮮空氣對你有益處。需要我帶你出去嗎？我們可以穿過空地，我帶你去看一堆石塊，那下面有……」

「不可能！這不可能是真的！」

「偏偏就是如此，這片打了七個孔的小鐵牌就是從那裡挖出來的。你記得吧，路易・拉龔伯的這塊鐵牌從不離身。你們兩兄弟把鐵牌和屍體埋在一起……當然，其中有些東西會讓司法單位非常感興趣的。」

瓦藍舉起緊握的拳頭擋住臉，然後說：「算了，我栽了個大筋斗。別再說了！只是……我只想知道一件事……」

「請說。」

「在大保險箱裡是不是有一個小盒子？」

「有。」

「當您在六月二十二日晚上潛進書房的時候，小盒子還在不在裡面？」

「還在。」

「裡面裝著什麼東西？」

「裝著你們瓦藍兩兄弟四處搜刮而來，然後放在裡頭的漂亮首飾和鑽石、珍珠。」

「您全拿走了？」

「那當然！要不然，換成你會怎麼做？」

「那麼……我弟弟是因為找不到小盒子才自殺的嗎？」

「有可能。光憑找不到你們和馮・黎本少校之間的書信往來，應該不至於有這種結局。但是連小盒子都不見，就……這就是你想問的事？」

「還有，您是誰？」

「你這樣問，難道想報復？」

「眞該死！事情不可能永遠順利，今天是您佔了上風，下次……」

「會是你。」

「希望如此。請問您的大名？」

「亞森・羅蘋。」

「亞森・羅蘋！」

瓦藍踉蹌後退，彷彿被人狠狠打了一拳，這個名號似乎奪去他所有的希望。

達斯佩笑了出來：「哈，你以為隨便任何人都能策劃得如此滴水不漏嗎？至少也要亞森・羅蘋出馬才行嘛！兄弟，現在你知道答案了，趕快去準備復仇大計吧，亞森·羅蘋會等著你。」

他沒再說話，將瓦藍推出門外。

「達斯佩，達斯佩！」我大聲喊，仍然用我當初認識他的名字喊他。

我拉開布幔，他跑了過來。

「怎麼了？發生什麼事？」

「安德麥夫人昏過去了。」

他靠過來，將嗅鹽放在她的鼻端，一邊照顧她，一邊問我：「怎麼一回事？」

「那些信，」我告訴他：「您怎麼把路易·拉龔伯的信全交給了她丈夫！」

他拍了拍前額。

「她以爲我眞的這麼做……當然了，她看到事情的經過，當然會這麼想。我眞笨！」

安德麥夫人醒了過來，專注地聽他說話。他從文件夾裡掏出一小疊信。這些信件和他稍早交給安德麥先生的信件十分相似。

「您的信在這裡，夫人，眞正的信。」

「但是……另外那些是什麼？」

「另外那些信和這些相同，但是我昨天晚上重新抄寫處理過了。您的丈夫讀了信，心情肯定會大好，再說，他也不可能懷疑信的眞假，因爲他目睹了一切。」

「但是筆跡……」

「沒有我模仿不出來的筆跡。」

她向這位生命中的貴人道謝，我看得出她並沒有聽到瓦藍和亞森・羅蘋的最後幾句對話。

我不知該如何看待這個曾經是朋友的男人，他竟然如此突兀地在我面前揭露了眞實的身分。羅蘋！他是亞森・羅蘋！這個熟識的朋友竟然是亞森・羅蘋！我不知所措，然而他倒是自在得很。

「您可以向尙恩・達斯佩道別了。」

「啊？」

「沒錯，尙恩・達斯佩要遠行。我要派他去摩洛哥，他很可能在那裡光榮捐軀。我得承認，他本來就有這種打算。」

「但是亞森・羅蘋會和我們留在這裡？」

「喔，這是當然的。亞森・羅蘋才開始嶄露頭角呢，他的未來還很長……」

我在好奇心驅使之下打斷他的話，將他從安德麥夫人身邊拉開。

「您先前還是發現了放信的小保險箱？」

「碰到好多困難！一直到昨天您睡午覺的時候，我才找出來。而且啊，天曉得，根本沒那麼複雜！但我們總是最後才發現最簡單的解決方式。」

他拿起漆著紅心七的鐵牌給我看。「我早就猜到，把撲克牌放在寶劍上，壓下洞孔下的小磁磚就可以打開保險箱……」

「您怎麼猜到的？」

「簡單得很！我有特殊消息來源，而且，我在六月二十二日晚上潛進書房……」

「和我分手之後？」

「對，而且還刻意在晚餐時提起會引發您精神緊張的話題，讓您深信不疑，完全不敢下床，好讓我有足夠的時間尋找。」

「這個推論的確很有道理。」

「所以說，我來之前就知道祕密保險箱裡鎖了個小盒子，紅心七就是開鎖的鑰匙。接下來，我只要把撲克牌放在設計好的隱密位置就可以了，經過一個小時，我便找出答案了。」

「一個小時！」

「仔細看看小磁磚拼貼出來的人像。」

「那個老國王嗎？」

「老國王正是所有撲克牌的紅心K：查理曼大帝。」

「果然沒錯……但是紅心七爲什麼有時候可以打開大保險箱，有時候開的是小保險箱呢？爲什麼您在一開始的時候，只打開大保險箱？」

「爲什麼？因爲我每次都將撲克牌依照同一個方向放。昨天我才發現，如果把撲克牌倒轉，也就是把紅心七的尖端朝上放，七個小孔的位置便會跟著改變。」

「那當然！」

「的確沒錯，但是，也得要想得出來才行。」

「還有一件事，在安德麥夫人說出來之前，您並不知道有一疊信件……」

「在她當我們的面說出來之前，我確實不曉得。我在保險箱裡只找到小珠寶盒和兩兄弟賣文件的相關書信，看了那些信件，我才發現他們的叛國行徑。」

「總之，您之所以會去追究瓦藍兄弟的底細，接著找出潛水艇的計畫，全是巧合？」

「出於偶然。」

「但是，您的目標是什麼？」

「天哪！您還眞是興趣盎然。」達斯佩笑著打斷我的話。

「我簡直著迷了。」

「是嗎？等我先把安德麥夫人送回去，然後派人送篇短文到《法國迴聲報》之後，我會再回來。到時候我們再聊細節。」

他坐下來寫了一篇足以娛樂讀者大眾的短文。會有誰不記得這個世人矚目的事件呢？

亞森・羅蘋爲薩爾瓦多稍早提出來的問題找到了解答。羅蘋取得了工程師路易・拉龔伯的潛艇藍圖和完整文件，並將送交海軍部長。羅蘋藉此機會發起募款活動，希望能爲國家募集建造首艘潛艇的款項，羅蘋本人決定拋磚引玉，率先捐出兩萬法郎。

「兩萬法郎，不就是安德麥先生的那張支票嗎？」讀了他遞給我看的短文，我忍不住這麼問他。

「正是。瓦藍應該爲他的叛國付出一點代價。」

* * *

我就是這麼認識了亞森・羅蘋，也是這樣，我才知道俱樂部裡的同儕尙恩・達斯佩是怪盜紳士亞森・羅蘋借用的身分。我和這個奇男子就此展開一段美好的友誼，也有幸得到他的信賴，忠誠又心懷感激地成了他的傳記作家。

chapter 7

安培爾夫人的保險櫃

貝堤耶大道上只有單側可見幾棟小屋，清晨三點鐘時刻，一處畫家的小屋前方還停著幾輛車。屋子的大門打開，一群男女賓客走了出來。其中幾個人分別搭上四輛汽車離開，只剩下兩名男子在路上步行。他們來到固爾塞街角轉彎處，其中一人住在附近，分手後，另一名男子繼續步行前往麥佑城門。

他穿過威里爾大道，沿著舊城牆對面的人行道往前走。這是個美麗的冬夜，清新又舒服，很適合散步。男子踏著輕快的腳步繼續走。

沒走多久，他感覺到有人跟在他身後，他回頭看，發現有個男人的身影躲進路邊樹叢中。他雖然不害怕，但還是加快腳步，想盡早到達甸恩路上的稅徵處。跟在他身後的男人向他跑來，他慌了起來，決定謹慎處理，打算掏出手槍面對來人。

他還來不及掏出手槍，後方的男人便粗暴地抓住他，兩人立刻在空盪盪的街道上扭打起來。幾番纏鬥之後，他發現自己處於劣勢，於是大聲呼救，並且努力抵抗，結果卻被對方壓制在碎石路上掐住喉嚨，嘴裡還被強塞了一條手帕。他緊閉雙眼，耳朵隆隆作響，幾乎就要失去意識，這時對方突然鬆手，跳到一邊抵擋毫無預警襲來的攻擊。

對方的手腕被枴杖狠狠地敲了一記，腳踝也被踹了好幾下，悶哼兩聲，便跛著腳逃之夭夭，嘴邊還不忘連番咒罵。

這名最後及時出現的救星沒有追上去，而是來到男人身邊彎腰問：「先生，您受傷了嗎？」

他沒有受傷，但是感到頭暈目眩，一時無法起身。原來他運氣好，稅徵處的這名職員聽到他的呼救，跑過來察看。這位恩人招來一輛車，陪著男人搭車回他位在大軍街的住處。

回到家門口的時候，男人已經恢復清醒，誠懇地向恩人表達感激之情。

「先生，感謝您救了我，我絕對不會忘記的。我不想在這個時候驚嚇我的妻子，但是我想要她親自向您道謝。」

他邀請救命恩人當日來家中共進午餐，並且說出自己的名字：「我叫做魯多維克・安培爾，請問您的大名是……」

「我叫做，」這位恩人回答：「亞森・羅蘋。」

* * *

當時的亞森・羅蘋還是個默默無聞的小伙子，尙未犯下卡洪男爵城堡等諸多驚天動地的竊案，也還沒從桑德監獄脫逃。其實，他的眞名也不是亞森・羅蘋。他爲「安培爾先生的救星」這個角色特別設計出這個名字，所以安培爾事件無疑是羅蘋這個名字的受洗大典。羅蘋當年摩拳擦掌，躍躍欲試，但是欠缺資源又沒有名聲地位，因此，他充其量不過是這個行業的新手。然而，誰也沒料到他很快就會嶄露頭角。

他在早晨醒來，一想起昨晚安培爾先生的邀約，不禁喜形於色。他終於達成目標，終於得到可以一展長才的機會！對他而言，安培爾的百萬家產的確是値得放手一搏的獵物。

爲了赴約，他刻意打扮了一番，穿上破舊的大衣和長褲，搭配泛紅的絲質帽子，以及領口和袖口都已磨損的衣服。這身打扮雖然乾淨整齊，但是一眼就可以看出他的經濟情況不甚理想。最後，他在黑色的蝴蝶領結別上一顆假鑽作裝飾。打扮妥當之後，他走下樓梯。來到四樓的時候，他沒有停下腳步，直接用手杖輕敲緊閉的房門。隨後他走到蒙馬特區的街上，一輛電車從他身邊經過，他上車找了個位置坐下。同一棟公寓的四樓鄰居跟在他身後，也上車在他身邊坐下。

一會兒之後，鄰居問他：「老闆，事情順利嗎？」

「嗯，成功了。」

「怎麼說？」

「我要到他家共進午餐。」

「您要去用餐！」

「你該不會以爲我會白白浪費時間吧？我把魯多維克・安培爾從鬼門關前救了回來，知恩圖報的安培爾先生爲了表達感激，邀我到他家共進午餐。」

好一下子，兩人都沒說話。男人又問了：「您該不會放棄這個計畫吧？」

「好兄弟，」羅蘋說：「我精心策劃了昨天晚上的攻擊，除了在三更半夜沿著舊城牆散步之外，還得在你的手腕硬生生敲上一記，加上一腳踢在你的腳踝上。我冒著傷害我唯一朋友的風險，怎麼可能在這個時候放棄計畫？」

「但是，對於他們的家產，有些奇怪的風聲……」

「別理會謠言。這個案子，我盯了整整六個月。在這段時間裡，我明查暗訪，連佣人、放貸的人，甚至是無關緊要的小人物都找來問話，並且暗中注意這對夫婦。所以，我知道自己在做什麼。不管這筆錢是不是如同他們所說的來自老布勞佛，或是他們另有財源，我都不在乎，重要的是他們的確有一筆財產。既然如此，我就不會放過。」

「天哪！一億法郎！」

「就算是一千萬或五百萬都沒關係！他們的保險櫃裡有厚厚一疊證券，如果我不想辦法去把鑰匙拿來，豈不是暴殄天物！」

電車在星星廣場上停了下來。男人低聲說：「所以，現在要怎麼做？」

「暫時按兵不動。如果有任何計畫，我會再告訴你，我們有的是時間。」

五分鐘之後，亞森・羅蘋登上安培爾宅邸氣勢非凡的階梯，魯多維克將妻子潔薇絲介紹給羅蘋認識。潔薇絲身材嬌小渾圓，十分健談，她熱情地招呼羅蘋。

「我打算由我們兩夫妻自己來招待我們的救命恩人。」她說。

打從一開始，他們就把「我們的救命恩人」當作老朋友看待。待午餐進行到甜點的時候，三個人已經變得相當親暱。羅蘋談到自己的生活，表示他的父親是位清廉法官，自己的童年並不順遂，現在仍然處於困境之中。潔薇絲則提起年少歲月和自己的婚姻，當然也說到自己從老布勞佛那裡繼承得來的上億財富。由於層層的阻礙，她如今還不能夠自由支配這筆錢，反而必須向外以高利借貸，此外，她還得面對和老布勞佛姪甥的糾紛，以及法院的禁制令！她滔滔不絕地吐露出一切，毫無隱瞞。

「羅蘋先生，您想想看，證券在我手上，就在隔壁，在我丈夫書房的保險櫃裡面，但是只要我們變賣一張證券，就會全盤皆輸！東西明明就在眼前，卻又碰不得！」

羅蘋想到自己就坐在這些財產的鄰室，全身不禁為之一顫。他清楚知道自己絕對不會像正直的女主人一樣，完全不去碰這些證券。

「啊，證券就在這裡！」他低聲說，發現自己喉嚨乾澀。

「是啊。」

在險境下建立的友誼只會越來越緊密。安培爾夫婦巧妙地問出羅蘋的窘境，於是立刻提議以月薪一百五十法郎，聘請這位懷才不遇的年輕人到家中擔任安培爾夫婦的私人祕書。他還是可以住在原來的地方，但是得每天到宅邸來工作，爲了方便起見，安培爾夫婦會在三樓空出一間辦公室供他使用。

在命運之神的安排下，他發現選出來的這間辦公室，竟然就位在魯多維克書房的正上方。

沒多久，羅蘋發現這份祕書工作是個閒缺。兩個月之間，他只謄寫了四封信，僅僅到過雇主辦公室一次，也就是說，他只見過一次保險櫃。此外，他也注意到自己不曾受邀參加員工聚會。

對於自己的職務毫不受到重視，他非但沒有抱怨，反而樂得清靜。但是他也沒有浪費時間，他數次潛入魯多維克的辦公室裡檢視緊緊鎖住的保險櫃。保險櫃的材質是實心鋼板，外觀粗重，看來，光是靠一般的鑽銼、起子或鉗子不可能打開。

亞森・羅蘋因此打退堂鼓。

「如果不能用蠻力達成目標，就要以智取，」他對自己說：「重點是要眼觀四面、耳聽八方，好好掌握時機。」

他決定預先做好準備。在仔細研究過辦公室的地板之後，他用鉛管穿過地板，位置就在安培爾書房天花板的裝飾之間，作爲竊聽窺視之用。

從此之後，他幾乎天天趴在辦公室地板上觀察樓下的動靜，並且發現安培爾夫婦時常來到保險櫃邊翻閱文件。要打開保險櫃，必須轉動號碼鎖，依序輸入四個數字。他仔細觀察安培爾夫婦的動作，竊聽他們的談話，想要從中得知開鎖的號碼。既然用了號碼鎖，爲什麼又有一把鑰匙？他們把鑰匙藏起來了嗎？

某天，安培爾夫婦離開書房時忘了鎖上保險櫃，羅蘋見狀，急忙下樓。他拉開門，沒想到安培爾夫婦已經回到了書房裡。

「喔，對不起，」他說：「我開錯門了。」

但是潔薇絲急忙上前拉住他。

「請進，羅蘋先生，請進來，把這裡當作您的家。我們想聽聽您的意見，我們該賣哪些證券呢？該賣國外債券，還是賣公債？」

「但是不是有禁制令限制，不能出售嗎？」羅蘋驚訝地問道。

「喔！並不是所有證券都在禁制令的範圍內。」

她拉開保險櫃的門，櫃子裡擺著一疊疊紮起來的證券。她拿起一疊證券，但是安培爾先生在旁表示抗議。

「不，潔薇絲，賣國外債券太荒唐了，會繼續漲價的……反過來看，倒是公債的價格已經到了高點。親愛的朋友，您有什麼看法呢？」

這名「親愛的朋友」雖無意見，但仍然建議安培爾夫婦出售公債。於是她拿起另一疊證券，從裡頭抽出一張，這張公債的面額是一千三百七十四法郎，年利率是百分之三。魯多維克接過來放在口袋裡。當天下午，他由祕書陪同，透過經紀人售出這張公債，換得了四萬六千法郎。

無論潔薇絲怎麼說，亞森・羅蘋都沒辦法把這個地方當作自己的家，相反的，他在安培爾家中的地位十分特殊。他發現僕人並不知道他的名字，只稱呼他「先生」。而魯多維克提起他，總是說「請去告訴先生……」或是「先生來了沒有？」，為什麼要用這麼模糊的說法來稱呼他呢？

此外，在一開始的熱情接待之後，安培爾夫婦幾乎沒再和他交談，除了把他當恩人之外，並沒有特別注意他。他們似乎認定了他不喜歡受到打擾，性好獨處。某次當他經過前廳的時候，聽到潔薇絲正在和兩名賓客說：「他這人不愛交際！」

羅蘋心想，好吧，就當我不愛交際好了。他沒有探究這對夫婦古怪的表現，把時間用來執行自己的計畫。他知道自己不能寄望機運，而潔薇絲也不可能忘記自己隨身攜帶的鑰匙。更何況潔薇絲在取走鑰匙之前，一定會先撥亂號碼鎖上的數字組合。因此，他必須採取行動。

某天，某家報社大肆抨擊安培爾夫婦，宣稱他們涉嫌詐欺。這個插曲加快了事情的進展，亞森・羅蘋注意到事件對安培爾家造成了影響。他知道，如果繼續等待，他可能會全盤皆輸。

一連五天，他沒像平常一樣在六點鐘左右下班，而是關在自己的辦公室裡。大家以為他已經離開，而他卻是趴在地板上監看魯多維克的辦公室。

他所等待的機會，並沒有在這幾個晚上出現。於是他只好在半夜，用事先備妥的鑰匙，打開後院的小門，離開安培爾家。

然而到了第六天，羅蘋得知安培爾夫婦爲了反擊敵人的惡意影射，決定清點保險櫃裡的證券。

「就是今晚了。」羅蘋心裡開始盤算。

果然，用過晚餐之後，魯多維克便走進書房，潔薇絲也隨後跟上。兩個人開始翻閱放在保險櫃裡的帳簿。

時間一分一秒流逝，幾個小時之後，他聽到佣人陸續回房睡覺，除了安培爾夫婦之外，二樓沒有別人。到了半夜，安培爾夫婦仍繼續在工作。

「動手吧！」羅蘋低聲說。

他打開面對院子的窗戶，天上看不到星星和月亮，四周一片漆黑。他從櫃子裡拿出一條打了結的繩子，綁在陽台的欄杆上，然後抓住繩子，順著排水管往下滑，來到樓下的窗口。在他眼前的就是魯多維克的書房，但是厚重的窗簾遮住他的視線，他在陽台上站了一會兒，豎耳傾聽周遭是否有任何動靜。

靜謐的夜晚讓他放下了心，他輕輕推開兩扇窗戶。他下午在窗子的插銷上偷偷動過手腳，如果沒有人檢查過，他應該可以不費吹灰之力推開窗戶。

窗戶果然一推就開，他輕手輕腳地將窗戶推得更開，直到縫隙的寬度足以讓他把頭伸進屋裡爲止。窗簾沒拉緊，羅蘋看到屋裡有光線，發現潔薇絲和魯多維克並肩坐在保險櫃旁邊。

兩人全神貫注地工作，偶爾才低聲交談。羅蘋目測這對夫婦之間的距離，盤算該如何在他們開口呼救之前，分別制伏兩人。正準備動手之前，他聽到潔薇絲說：「屋裡怎麼突然冷了起來！我要上床睡覺了，你呢？」

「我想把事情做完。」

「做完？你花一整夜也做不完。」

「不會的，再一個小時就夠了。」

說完話，她轉身離開書房。又過了二十分鐘、三十分鐘，羅蘋將窗戶推得更開。魯多維克回頭看到風吹動窗簾，於是起身準備關上窗戶。

整個過程中沒聽見尖叫聲，也看不出打鬥痕跡。羅蘋使出精準俐落的招數，沒有造成太大的傷害，便用窗簾裹住安培爾先生的頭，然後用繩子綑起來，這麼一來，魯多維克就無法辨認攻擊者的面孔。

羅蘋迅速走向保險櫃，拿起兩個文件夾離開書房，下樓穿過院子，從後門走出去，來到停在路邊的車旁。

「先把東西拿好，」他對司機說：「然後跟我來。」

他回到書房，兩個人往返兩趟，清空保險櫃裡的文件。接著羅蘋回到三樓的辦公室裡，收好繩索，抹去他留下的痕跡，行動宣告結束。

幾個小時之後，羅蘋在同伴的協助下清點偷來的證券。他並不覺得失望，因爲他早已料到安培爾家的財產並沒有外界猜測的那麼多，不僅沒有一億法郎，甚至連千萬法郎都不到。但這畢竟還是一筆可觀的財富，除了鐵路債券之外，還有巴黎公債、國家基金，以及航運和礦業等債券。

他滿意地說：「當然啦，出售的時候還會蒙受損失。我們會碰到麻煩，一定得分批低價出售。沒關係，有了第一筆資金，我們可以好好過日子，還能完成一些夢想。」

「其他的資料呢？」

「你可以燒掉。這些東西放在保險櫃裡的確很好看，但是對我們卻沒有用處。我們把有價證券好好地鎖起來，等待好時機。」

第二天，羅蘋原來打算一如往常到安培爾宅邸上班。但是，他在早報上讀到一則令他十分意外的新聞：**魯多維克和潔薇絲夫婦失蹤了**。

法官下令打開保險櫃，這個儀式聲勢浩大，只可惜保險櫃打開之後，只看到羅蘋留下的東西……實在不多。

*　*　*

某天，亞森·羅蘋信任地對我說出事件的經過。

這天，他在我的書房裡來回踱步，眼底閃耀出一絲我從未見過的光芒。

「總之，」我對他說：「這是一場甜美的勝利，是吧？」

他沒有回答我的問題，而是說：「這個事件當中，還有外人無法瞭解的祕密。即使經過我的解釋，仍然有些混沌不清的部分。安培爾夫婦爲什麼要逃跑？爲什麼不善加利用這個我在無意間提供的機會？其實，他們只要簡簡單單地說：『保險櫃裡本來有一億法郎，現在全被偷光了！』」

「他們可能嚇昏頭了。」

「他們的確嚇著了，此外，還有一件事……」

「什麼？」

「沒事。」

他爲什麼欲言又止？很明顯的，他沒有把一切都說給我聽，而他所隱瞞的，一定是他不想說的故事。這引起我的好奇，如果連這個怪盜都有所猶豫，那麼事態一定很嚴重。

我隨意提問：「您沒有再見到他們兩個人？」

「沒有。」

「您難道一點也不同情這兩個可憐人？」

「我？」他跳起來嚷嚷。

他的態度強硬，讓我嚇了一跳。莫非我刺中了他的痛處？我繼續追問：「本來就是。如果不是您，他們也許會面對困境，或是說，至少可以帶著錢離開。」

「您這是說，我應該懊悔？」

「那當然！」

他猛然拍打我的書桌。

「您覺得我該感到歉疚？」

「懊悔也好，歉疚也行，基本上，就是有虧欠感覺……」

「對這種人有虧欠的感覺？」

「對被您偷光財產的人，有虧欠的感覺。」

「什麼財產？」

「嗯，那兩三疊證券……」

「兩三疊證券！我從他們手中偷來不少證券，對吧？其中還有一些是安培爾夫人繼承得來的，是嗎？難道我錯了嗎？這就是我的罪狀嗎？我的好朋友啊，您沒猜到那些證券是偽造的吧？聽到了嗎？全是假造的！」

我目瞪口呆地看著他。

「假的？四、五百萬的有價證券全是假造的？」

「全是假的！」他氣得大喊：「外債、公債、國家基金，全都只是沒有價值的廢紙！我一毛錢都沒拿到！而您竟然問我會不會覺得愧疚！該覺得愧疚的人，應該是那對夫婦！他們耍得我團團轉！把我當成傻瓜看待！」

怨恨，加上受傷的自尊，讓他怒不可遏。

「我從一開始就輸了！您知道我在這個事件裡扮演了什麼角色嗎？不，應該說他們爲我安排了什麼角色？安德列．布勞佛！沒錯，親愛的朋友，而且我完全沒有起疑！事後，我在報紙上讀到部分細節，才發現這件事。我爲自己安排了救命恩人的角色，然而他們從頭到尾就讓人誤以爲我是布勞佛家族的成員！

「這是不是值得佩服呢？這個在三樓有自己辦公室，人人敬而遠之，個性不善交際的人物竟然是布勞佛家族的成員！由於我的出現，由於我承襲了這個姓氏，放貸的銀行家和公證人才會讓客戶借錢給這對夫婦。哎，眞是初學者的好教訓哪！我發誓，我眞的好好地上了一課。」

他突然停下腳步，緊緊抓住我的雙臂，用惱怒的語氣對我說了一句既諷刺又充滿讚嘆的話：

「親愛的朋友，潔薇絲．安培爾這會兒還欠我一千五百法郎呢！」

這回，我忍不住笑了出來。這簡直太滑稽了，他自己也豁然開朗地自嘲。

「沒錯，一千五百法郎！我不但沒有領到薪水，她還向我借了一千五百法郎，騙走我當年的積蓄！您知道她找了什麼藉口嗎？慈善救助！我沒說錯，她說，她瞞著魯多維克救濟窮苦人家！

「我說得夠多了。好笑吧，嗄？亞森・羅蘋偷來四百萬法郎的僞造證券，還被假冒的苦主騙走一千五百法郎！我花了多少心血策劃，卻淪落到這種下場！

「我這輩子就上過這麼一次當，眞沒想到！眞是被騙慘了，代價不小啊！」

chapter 8

黑珍珠

急促的電鈴聲驚醒了霍許大道九號的門房太太。她拉開大門，一邊嘀咕：「都已經半夜三點了！我還以為大家都回來了。」

她的丈夫低聲抱怨：「可能是來找醫師吧。」

果不其然，外面有個人問道：「我找哈瑞醫師，請問他住幾樓？」

「四樓左邊那戶，但是醫師晚上不外出看診。」

「他今晚一定得出診。」

男子走進門廊，他一層層爬上樓梯，經過哈瑞醫師的家門口卻沒停下腳步，反而直接爬上了六樓。他掏出兩支鑰匙開門，其中一支可以打開公寓門鎖，另一支可以打開安全鎖。

「好極了，」他低聲自言自語，「如此一來，這個工作就簡單多了。但是在動手之前，得先確認退路。嗯，我們來推算看看，如果我先前眞的按下醫師家門鈴，這段時間夠不夠我開口詢問，並且遭他回絕？還沒有，再等一會兒……」

十多分鐘之後，他下樓拍打門房住處的玻璃，一邊抱怨醫師不肯出診。門房替他開了門，他走了出去，還隨手喀嗒一聲關上門。其實，這扇門根本沒關上，男子在鎖頭上塞了塊鐵片，鎖舌根本沒有插入門鎖的凹槽裡。

隨後他無聲無息地再次走進大門，沒有驚動門房夫婦。就算出了狀況，他也可以安然脫身。

他靜悄悄地來到六樓。他走進前廳，藉助手電筒的光線脫下外套和帽子，隨手放在椅子上，接著自己也坐下來，在腳上厚重的靴子外套上一雙厚毛軟鞋。

「呼！好了，眞簡單哪！我眞不懂，爲什麼大家不乾脆全都選擇像小偷這麼輕鬆的職業？只要手腳機靈，多花點腦筋，再也找不到更有趣的工作了，不但輕鬆，還可以養家餬口，只是，有時候實在單調到有些乏味。」

他攤開公寓的格局圖。「先看看公寓裡的布局吧！我在長方形的前廳裡，客廳和餐廳都面對馬路。沒必要在這些地方浪費時間，聽說伯爵夫人的品味極差，這裡邊應該找不到什麼值錢的東西，所以，直接進入正題。啊！走廊在這裡，過去就是臥室。往前走三公尺就是置衣間，與伯爵夫人的臥室相鄰。」

他摺起格局圖，關掉電燈，踏進走廊時還一邊數著，「一公尺……兩公尺……三公尺，前面就是置衣間的門。天哪，簡直是易如反掌！現在，擋在我和房間中間的，只剩下一道簡單的鎖，而且我還知道鎖頭離天花板一公尺又四十三公分遠。接下來，我輕輕撬開門鎖就成功啦……」

他從口袋裡摸出一把工具，但是又忽然停下來，彷彿想到了什麼事。

「說不定門根本沒鎖，先試試看無妨！」

他轉動鎖把，門隨即打開。「好傢伙羅蘋！幸運之神果然眷顧著你。接下來該做什麼？你知道屋子的格局，也知道伯爵夫人把珍珠藏在哪裡。所以，如果你想成爲黑珍珠的主人，只需要保持安靜暗中行動，不要驚擾這個寧靜的夜晚就好了。」

亞森・羅蘋花了半個鐘頭的時間，小心翼翼打開通往臥室的玻璃門。他的動作極爲輕巧，就算伯爵夫人沒有睡著，也不可能聽到任何聲響。

根據他手上的格局圖來看，他必須順著長椅往前走，接著他會看到一張安樂椅，然後會碰到床邊的小桌。桌上有個放信紙的文具盒，伯爵夫人把黑珍珠收藏在裡面。

羅蘋趴在地毯上，按圖索驥沿著長椅往前爬。他來到長椅另一端時停下了腳步，試圖緩和劇烈的心跳。他雖然沉著鎮定，但是臥室裡異於平常的死寂不禁讓他感覺到焦慮。他有些訝異，畢竟他見識過更安靜的情況，何況眼前的處境並不危險。那麼，他的心跳爲什麼如此劇烈？壓力是否來自沉睡在他旁邊的伯爵夫人？

羅蘋側耳傾聽，他似乎隱約可以辨識出伯爵夫人的呼吸聲，這個聲音就像個熟悉的老朋友，讓他安下心來。

他摸索安樂椅的位置，匍匐來到小桌邊，伸長右手在黑暗中探找，摸到小桌的桌腳。

總算到了！只要起身取來珍珠，他就可以離開這個地方。他的心跳怦怦作響，猶如受驚的小鹿，幾乎可以震醒熟睡中的伯爵夫人。

羅蘋以超凡的意志力控制住心跳，強自鎮定。就在他準備起身的時候，左手卻碰到地毯上的一樣東西。他立刻辨認出一支蠟燭，一支掉在地上的蠟燭。這時他又摸到一只皮套，裡面裝的是旅行用的小鬧鐘。

怎麼會這樣？發生了什麼事？他實在不懂。這支蠟燭……還有小鬧鐘……這些東西怎麼不在原來的位置上？在陰森的黑暗當中到底發生了什麼事？

他突然驚呼出聲，他摸到……某個怪異又不知名的東西！不，不會吧！恐懼衝上他的腦門。二十秒、三十秒過去了，他依然沒有動彈，驚嚇之中，頭上的汗水開始往下滑。他的手上還殘留著剛才接觸到這個東西的感覺。

他鼓起勇氣，再次伸出手去。他的手掌再度碰到這個東西，他仔細觸摸，終於明白了。他摸到的是頭髮，還有臉孔……冰冰涼涼，毫無生氣。

亞森・羅蘋是何等人物，一旦弄清楚狀況，不管事情有多恐怖，他還是立刻恢復自持。他打開手電筒，看到一個女人倒在他面前，肩頸間有幾道醜陋的傷口，渾身沾滿了血。他靠上前去察看，發現女人早已斷了氣。

「死了，死了！」他難以置信，重複地這麼說。

他盯著女人無神的雙眼、扭曲的嘴角和蒼白的皮膚，以及凝結在地毯上的深色血水。

羅蘋起身打開臥室裡的電燈，一待光線照亮房間，他看到屋裡散佈著扭打抵抗的痕跡。床鋪亂成一團，被單全給拉了開來，地上除了蠟燭和停在十一點二十分的鬧鐘之外，不遠處的椅子翻了過去，地上還可見一灘灘的血跡。

「黑珍珠呢？」他喃喃地自問。

文具盒還在原來的位置上，他急忙上前打開，發現裡面的小珠寶盒中已經空無一物。

「真沒想到！」他自言自語，「亞森・羅蘋啊，你對自己的好運氣吹噓得太早了……伯爵夫人遭人謀殺，黑珍珠不知道落到誰的手上，情況一點兒也不樂觀！快溜吧，免得所有責任都落到自己頭上。」

但是他卻沒有動。「溜？沒錯，換作是其他人，一定會拔腿就跑。但是亞森・羅蘋可不是泛泛之輩，有別的事可做。讓我們循序漸進來思考，畢竟，你是無辜的。好，假如你是警察局長，負責辦案……但是這得要先有個清醒的頭腦，可是我現在卻滿頭霧水！」

他跌坐在安樂椅上，雙手緊緊貼住滾燙的額頭。

＊　＊　＊

霍許大道的謀殺案，是這陣子最令人訝異的話題，如果不是亞森・羅蘋在某個特別的日子裡說出實情，我絕對不可能將內情公諸於世。懷疑他參與破案的人並不多，再說，也沒有人知道確切的眞相和其中的神祕之處。

有誰不認識赫赫有名的蕾恩婷・薩蒂呢？這位從前在歌劇院裡獻唱的女高音嫁給早逝的安帝尤伯爵，在二十多年前以其奢華的生活讓整個巴黎爲之驚豔，安帝尤伯爵夫人的鑽石和珍珠首飾的價値之高，尤其受到全歐洲的矚目。有人說，伯爵夫人佩戴在頸際的珠寶，幾可比擬銀行的金庫或是澳洲的金礦。珠寶工匠更是施展出過去僅有后妃才享有的精湛技藝，來爲伯爵夫人製作首飾。

同樣的，大家也都知道她的財富在瞬間化爲烏有，說是銀行金庫也好，澳洲金礦也行，全都丟進了無底洞。她將金銀珠寶四處估價出售，唯獨留下那顆名聞遐邇的黑珍珠。如果她願意脫手，這顆黑珍珠無疑價値連城。

伯爵夫人絲毫不想賣掉這顆黑珍珠，她寧可縮衣節食，帶著女伴、廚娘和一名僕人搬到毫不起眼的公寓裡，也不願意賣掉手上的稀世珍寶。這項堅持的背後，隱藏著伯爵夫人不願意承認的故事，其實，這顆黑珍珠是來自某位君王的贈禮！就算面臨破產的窘境，過著儉樸的生活，她仍然對這位曾經在美好歲月中相隨的伴侶保持一片忠心。

她曾經表示：「只要我還活著，就不會讓這顆珍珠離開我。」

她從早到晚將珍珠佩戴在脖子上，到了就寢之前，才會把黑珍珠放到只有她知道的地方。

經過報紙的披露，這些細節引起廣大讀者的好奇。奇怪的是，嫌犯遭到逮捕反而讓案情更加撲朔迷離，也引發大眾更多的關注。當然，唯有清楚案件關鍵所在的人，才不致有這種反應。事發的第三天，報紙上出現一則新聞：

警方業已逮捕安帝尤伯爵夫人家中僕佣維多．丹聶格，並將以最嚴厲的罪名起訴嫌犯。警察總局局長帝杜伊前往嫌犯居住的閣樓搜索，在床架與床墊之間起出丹聶格的制服，並在絲綢袖口上發現血跡。此外，在犯罪現場，被害者床下發現的鈕釦，也與制服上短缺的包釦吻合。

據推斷，嫌犯在伯爵夫人用過晚餐後並沒有直接回到其居住的閣樓，而是躲入置衣間內，透過玻璃門窺探伯爵夫人藏放黑珍珠的位置。

然而到目前爲止，檢警仍然未能掌握確切證據，證實丹聶格的確涉案。此外，這項假設仍有疑點尚待澄清。丹聶格在案發隔日晨間七點曾經前往固爾塞街的菸草舖購買香菸，門房太太和菸草商皆爲人證。再者，與伯爵夫人同住在公寓裡的廚娘和女伴，也都證明了公寓前廳和廚房的門鎖在早上八點時仍然緊鎖，沒有遭到破壞。這兩位女士爲伯爵夫人工作皆已超過二十年，完全値得信賴。因此，丹聶格究竟如何進入公寓，仍然値得質疑。嫌犯是否另有一把複製

的鑰匙？諸多疑點，仍有待預審釐清。

預審過後，這個案件依然疑點重重。維多·丹聶格是個危險的前科犯，不但酗酒、行爲不檢，作奸犯科無所不懼。但是檢警越是調查，就越是墜入迷霧，無法提出合理的解釋。

首先，據伯爵夫人的表親兼唯一繼承人——年輕的辛克來芙女士表示，伯爵夫人在去世的一個月之前，曾經寫信告訴她黑珍珠收藏的位置。但是在收到信的第二天，這封信就不翼而飛。是誰偷走了信？

另外，門房夫婦也表示自己曾經爲前來找哈瑞醫師的一名男子開門。警方詢問醫師，卻遭到否認。這個男子究竟是誰？會是共犯嗎？

媒體和大眾接受了案件另有共犯的推論。老探長葛尼瑪也支持這項假設，他的看法不無道理。他對法官說：「這個案子裡，有亞森·羅蘋的影子。」

「哎！」法官不作此想，「在您的眼裡，四處都是亞森·羅蘋。」

「我到處都能看到他，因爲他無所不在。」

「不如說，每次碰到隱晦不清的案情，您就會看到他。另外，您別忘了，案發現場的鬧鐘指向十一點二十分，門房夫婦提到的訪客卻是在凌晨三點鐘才出現。」

司法單位通常都會順著先入爲主的觀念，來解釋事件的經過。法官雖然欠缺佐證，無法證實在犯罪現場最早發現的兩三項證據，但是他早已得知維多・丹聶格是個酒鬼兼前科犯，負面的觀感早已深植在他的腦海裡。於是他宣布預審結束，幾個禮拜之後即將進行正式的法庭審理辯論。

整場辯論沉悶又無趣，庭長無精打采，檢方態度輕忽，在這種情況下，丹聶格的律師搶得先機，大肆發揮，指出檢方的起訴缺乏可靠證據。是誰複製了鑰匙？如果沒有鑰匙，丹聶格在離開公寓之後，怎麼可能重新鎖好門？何況，沒有任何人看過這支鑰匙，鑰匙在哪裡？有誰看到凶刀，凶刀又在哪裡？

「總而言之，」律師總結，「請證明凶手是我的委託人，抑或證明犯下竊案的不是那名在凌晨三點鐘出現的神祕客。您說，鬧鐘的指針停在十一點多，是吧？但是這又能證明什麼？難道凶手不能視情況來調整鬧鐘的時間嗎？」

最後，維多・丹聶格無罪開釋。

*　　　*　　　*

被拘禁了六個月之後，丹聶格在某個星期五的黃昏走出監獄，形容憔悴。歷經預審、單獨拘禁、法庭辯論，以及陪審團的判決，他早已陷入驚懼的情緒當中。到了夜晚，他噩夢連連，渾身燥熱，冷汗淋漓，心神不寧。

他用安納托・杜佛這個假名租下蒙馬特山丘的一個小房間，做些粗工雜活度日。他的日子過得並不順遂，儘管三番兩次換工作，還是會被認出來，然後遭老闆解僱。

他發現——或是說，他覺得——有人跟蹤他，一定是警方的人馬，不放棄等待，以爲總有一天他會落入陷阱。雖然事情還沒發生，他卻早已有種感覺，似乎有人提著他的領子逮住他。

某天晚上，他在住家附近的小餐館吃飯，有名四十來歲的男子來到他對面坐下。男子身上的黑色外套實在不太乾淨，他點了湯、蔬菜和一升葡萄酒。

男子一邊喝湯，一邊盯著丹聶格看。

丹聶格臉上血色盡失，這個男子一定是跟蹤他好幾個禮拜的人。他想要什麼？丹聶格想要起身離開，卻動彈不得，雙腳不停顫抖。

男人先斟滿自己的杯子，然後爲丹聶格倒了一杯酒。

「兄弟，我們乾杯吧！」

丹聶格結結巴巴地說：「呃……好……祝您身體健康，兄弟。」

「也祝你健康，維多・丹聶格。」

丹聶格跳起身來。「我……我……不是……我發誓……」

「你要對我發什麼誓？否認你的身分？發誓你不是伯爵夫人的佣人？」

「什麼佣人？我姓杜佛。您去問問餐廳老闆就知道。」

「沒錯，對老闆來說，的確是安納托・杜佛。對司法單位來說，是維多・丹聶格。」

「不對！您說錯了！他們說的全是謊話。」

男子掏出一張名片遞給他。丹聶格看著名片上的字：「**格里莫丹，前任警探，專業機密資料蒐證**。」

他打起哆嗦。「您是警方人員？」

「我已經離開警界，但我還是很喜歡這種工作，所以轉換個比較有利潤的方式繼續，偶爾也會碰到一些……像你這樣的案例。」

「我的案例？」

「是的，如果你願意合作，你的案例將十分有利可圖。」

「如果我不願意呢？」

「你別無選擇，依你目前的處境，實在沒辦法回絕我。」

維多・丹聶格心生恐懼，他問道：「您想要說什麼？」

男人說：「好，我們把事情做個了結。長話短說吧，辛克來芙女士派我來找你。」

「辛克來芙女士是誰？」

「安帝尤伯爵夫人的繼承人。」

「所以呢？」

「所以啊，辛克來芙女士派我來向你討回黑珍珠。」

「什麼黑珍珠？」

「你偷走的那顆黑珍珠。」

「我沒偷。」

「有。」

「如果我偷了黑珍珠，那表示我是殺人犯。」

「人就是你殺的沒錯。」

丹聶格強裝出笑容。

「這位先生哪，還好法庭和您的看法不同。您可是聽好了，陪審員一致判我無罪。一個人如果心胸坦蕩，而且還有十二個正直的陪審員判定……」

這位前任警探一把抓住他的手臂。「好兄弟，廢話少說。聽清楚我的話，然後仔細思考，這對你有好無壞的。丹聶格，案發的三週之前，你偷了了廚房後門的鑰匙，到奧博坎路二百二十四號鎖匠歐塔的店裡複製鑰匙。」

「胡說，您簡直一派胡言，」丹聶格嘀咕：「沒有人看到鑰匙……根本就沒有鑰匙。」

「鑰匙就在我手上。」

格里莫丹沉默了一會兒之後，然後說：「你去鎖匠店裡複製鑰匙的同一天，在市集買了匕首，用來殺害伯爵夫人。這把匕首的刀刃是三角形的，中間還有一道凹槽。」

「沒這回事，這全是您信口胡言。沒有人看見過匕首。」

「刀子也在我手上。」

維多．丹聶格稍有退縮。格里莫丹這位前任警探繼續說：「刀鋒上有腐鏽的痕跡，需要我說明原因嗎？」

「這又如何？您拿到一支鑰匙和一把匕首，有誰能證明那是我的東西？」

「首先是鎖匠，接著有賣匕首的店員。我已經喚回他們的記憶了，他們只要看到你的臉，就可以指認。」

他語氣嚴厲，絲毫不帶任何感情，精準陳述這些連法官和檢察官都沒能掌握的資訊。丹聶格嚇得發抖，有些細節，連他自己都沒辦法說得更清楚，但是他依然裝出毫不在乎的態度。

「這就是您口中說的證據嗎？」

「不止，我還知道你在犯案後循原路離開。但是，在慌張的情緒下，你伸手扶住置衣間的牆壁保持平衡。」

「您怎麼會知道？」丹聶格結結巴巴地說：「……不可能有人知道……」

「司法單位的確不知道，他們根本沒想到要派人拿著蠟燭檢查牆面。如果當初他們這麼做，就會發現白色壁面上有紅色的印子，印子雖然淺，但也清晰到可以看出你沾了血水的大拇指印。你也許忘了你曾經留下罪犯檔案，裡面有辨識嫌犯的資料。」

維多・丹聶格臉色蒼白，汗水從他的額頭往下滴滑。他的眼神瘋狂，拚命打量眼前這個奇特的男人。男子猶如肉眼看不見的證人，目睹丹聶格犯罪的經過。

丹聶格垂頭喪氣，全身虛軟。這幾個月以來，他獨力抵擋一切，但是面對這個男人，他似乎毫無招架的餘地。

「如果我交出珍珠呢，」他呑呑吐吐地說：「您願意付多少錢？」

「一毛錢也不付。」

「開玩笑！您是說，我得把價值連城的珍珠白白交給您，然後我什麼也得不到？」

「有，你換得一條命。」

丹聶格氣得發抖，格里莫丹溫和地補上一句話：「好了，丹聶格，這顆珍珠對你一點價值都沒有。你根本不可能脫手賣給任何人，何必留在身邊？」

「有人專門收買贓物……總有一天，不管是任何價格，我總能賣出去。」

「到那個時候，就已經太遲了。」

「爲什麼？」

「這還用問？因爲到那個時候，你早就被司法單位逮捕入獄。這回，我會把匕首、鑰匙和你的指紋線索等證據全都交給他們，你逃不掉的。」

丹聶格雙手撐住腦袋，苦苦思考。他覺得自己毫無退路，完全沒有勝算，同時也感受到一陣難擋的倦意，他需要休息。

他喃喃地說：「您什麼時候要？」

「今天晚上，凌晨一點之前。」

「如果沒拿到呢？」

「如果沒拿到，我會把辛克來芙女士的指控信函寄給檢方。」

丹矗格爲自己連續倒了酒，一飲而盡，接著便站起身來。「您買單吧，我們走，我受夠了這個該死的案子。」

*　　*　　*

夜幕落下，兩個男人順著勒必克街，朝星星廣場的方向前進。他們靜靜地走，丹矗格神情疲憊，彎腰駝背。

兩人來到蒙梭公園，丹矗格說：「在靠近房子的那一側。」

「原來如此！你在就捕之前，只去了一趟菸草舖。」

「到了。」丹矗格心情沉重。

他們沿著公園的圍欄走，穿越馬路後，經過轉角的菸草舖。丹矗格在離菸草舖不遠的地方停下腳步。他雙腿發抖，跌坐在長椅上。

「怎麼了?」格里莫丹問。

「到了。」

「這裡?你在胡扯什麼?」

「對,就在我們面前。」

「我們面前?丹矗格,你可別……」

「我再說一次,東西就在這裡。」

「哪裡?」

「在兩塊石板中間。」

「哪兩塊?」格里莫丹問道。

丹矗格沒有回答。

「好極了!好傢伙,你想找麻煩是吧?」

「不……只是,我實在走投無路了。」

「所以你才會記不清楚?這樣好了,我就扮個好人吧。你要多少錢?」

「夠我買張去美國的通舖船票就好了。」

「就這麼說定了。」

「還要一張百元法郎鈔票,當作基本開銷。」

「我給你兩百。說吧！」

「從水管往右數，在第十二塊和第十三塊石板之間。」

「在水溝裡？」

「對，在人行道下面。」

格里莫丹環顧四周，電車和行人從他身邊經過。但是，動手吧！有誰會懷疑？

他打開小折刀，插入第十二塊和第十三塊石板之間。

「如果珍珠不在這裡呢？」

「如果沒有人看到我彎下腰把珍珠塞到裡面，它就應該還在。」

珍珠在不在這裡？黑珍珠被丹聶格塞到水溝的爛泥當中，誰先到，誰就可以取走珍珠。黑珍珠……這是一筆財富哪！

「埋多深？」

「大概十公分吧。」

格里莫丹挖開鬆軟的泥土，刀尖碰到了某個東西。他用指頭挖開小洞，瞧見了黑珍珠。

「哪，這兩百法郎是你的了。我會把去美國的船票寄給你。」

第二天，《法國迴聲報》上刊登了這樣一篇文章，全球媒體競相轉載：

亞森・羅蘋在昨天，從謀害安帝尤伯爵夫人的凶手處取得著名的黑珍珠。這顆珍珠的仿製品將於近期送往倫敦、聖彼得堡、加爾各答、布宜諾賽利斯以及紐約等地展出。

有意購買的各界人士，皆可與羅蘋聯絡。

* * *

「惡有惡報，善有善報。」羅蘋在說出案情的時候，作了這個結論。

「您化名前警探格里莫丹，在命運的安排下揪出凶手，然後奪走贓物。」

「沒錯！我得承認，那次的行動讓我感覺到十分驕傲。發現伯爵夫人死了之後，我在她的臥房裡逗留了四十分鐘，這段時間可以說是我這輩子最驚心動魄的難忘時刻。在短短的四十分鐘內，我在錯綜複雜的情況中冷靜地重建犯罪現場，藉由搜索得來的線索破解案情，判斷出嫌犯就是伯爵夫人的佣人。最後，我終於明白，如果我想拿到珍珠，就得先讓嫌犯就捕，所以我把制服的鈕釦留在原地。但是，我又不能讓檢警取得確鑿的證據，於是我拿走犯人遺忘在地毯上的匕首，擦掉置衣間牆壁上的指紋，帶走插在門鎖上的鑰匙，出門後沒忘記鎖上門。我說啊，這簡直是……」

「神來之筆。」我打斷他的話。

「可以這麼說。這個做法，可不是隨便任何人能想得出來的。我在短短的一瞬間研擬出兩個步驟，先讓嫌犯遭到逮捕，然後獲釋。我利用司法系統打擊我的目標，讓他委靡不振。如此一來，他只要一重獲自由，就會自投羅網，無可選擇地落入我設下的陷阱！」

「自投羅網……應該說他根本跑不掉吧。」

「嗯，他的確一點機會都沒有，因爲他一定會無罪開釋。」

「可憐的傢伙……」

「可憐？您認爲維多・丹聶格可憐！您忘了，他是謀殺犯！再怎麼樣，黑珍珠也不該落到他手上。想想看，他留住一條命哪，丹聶格還活著！」

「而黑珍珠成了您的囊中物。」

他從祕密口袋裡掏出皮夾，一邊撫摸，還細細審視。「不知道這顆稀世珍寶會落到哪個愚蠢的白俄皇室後裔或印度大公手上？這顆裝飾在安帝尤伯爵夫人——蕾恩婷・薩蒂粉頸上的珍珠，到底會被哪個美國百萬富翁買下？」

chapter 9

遲來的福爾摩斯

「怪怪，維蒙，您長得和亞森・羅蘋還眞像！」

「您認識他啊！」

「哈！我和全世界的每個人一樣，都拜見過他的玉照。他的面貌雖然張張不同，但是臉上卻總有相似的線條……就和您的一樣。」

奧瑞斯・維蒙顯得不怎麼高興。

「可不是嗎，親愛的德凡？相信我吧，您不是第一個這麼說的人。」

德凡繼續說：「您有我表兄艾斯特方的大力推薦，加上我十分景仰您這位知名畫家的海景作品。若不是這樣，我還眞打算通知警方，告訴他們您在迪耶普出沒呢！」

這番俏皮話引起哄堂大笑。在堤貝曼尼堡偌大的飯廳裡，除了維蒙之外，在座的還有村裡的傑利斯神父，以及十來位駐紮在附近準備演習的軍官。大家都是應銀行家喬治・德凡和他母親的邀請，來城堡作客。

一位軍官說：「自從羅蘋在由巴黎開往哈佛的快車上出現之後，警方難道沒有在這一帶公布羅蘋的長相嗎？」

「有，那是三個月前的事了。在快車事件的一個禮拜之後，我在俱樂部裡結識了維蒙這位傑出的畫家，有幸幾次邀他來城堡作客。這應該當成他在未來哪天──或是哪一夜前來探訪城堡的序曲吧！」

大家哈哈大笑，一群人接著來到過去作爲守衛室的大廳。這間挑高的大廳佔據了吉塰塔一樓整個樓面，喬治・德凡把堤貝曼尼堡歷代堡主蒐集得來的寶藏全都擺放在這裡。大廳裡除了有好幾座古董大櫃和大小燭台之外，石牆上還掛著精美的壁毯。廳裡的四扇大拱窗都砌有深深的窗台，窗面拼貼彩繪玻璃。入口和左邊的窗戶之間有一座文藝復興風格的大書櫃，櫃頂正面的山形裝飾上鐫刻著「堤貝曼尼」幾個金字，下面是這個家族的座右銘：「**隨心所欲**」。

大夥兒點起雪茄，德凡繼續方才的話題，「只是啊，維蒙，您得把握時機，只剩下一個晚上的時間了。」

「爲什麼？」這位畫家以玩笑的態度看待這件事。

德凡正要回答，他的母親卻作勢制止，但是晚宴的氣氛熱鬧，加上他想娛樂賓客，因此仍然繼續說。「呵！」他壓低聲音，「我現在可以說了，沒有必要神神祕祕的。」

大家興致勃勃地圍坐在他的身邊，他像宣布重要新聞一樣，帶著滿意的態度說：「明天下午四點鐘，鼎鼎大名的解謎高手，彷彿小說人物般的英國神探夏洛克・福爾摩斯①先生將要到城堡作客。」

大家開始鼓譟。福爾摩斯要到堤貝曼尼堡來？這是眞的嗎？亞森・羅蘋眞的在附近出沒？

「亞森・羅蘋和他的黨羽應該就在附近。除了卡洪男爵事件之外，這個國家級的江洋大盜還在蒙堤尼、古盧樹，以及葛拉斯維爾等地行竊。今天終於輪到我了。」

「您也和卡洪男爵一樣，事先接到通知嗎？」

「同樣的伎倆不可能三番兩次得逞。」

「所以呢？」

「所以啊，事情是這樣的。」

他站起身來，指著書櫃，在兩本厚重的書籍間有一個空隙。

「這個位置本來擺放了一本十六世紀的古書，書名是《堤貝曼尼編年史》，記載城堡的歷史，年代可以追溯到羅蘭公爵，當年就是公爵在封建堡壘的原址建造了現在的堤貝曼尼堡。書中有三幅版畫，第一幅是整座城堡的鳥瞰圖，第二幅是城堡建築藍圖，第三幅呢，請各位特別注意了，則是地道圖。地道的一邊出口在城堡的外面，另一邊出口就是各位目前所在的大廳。這本古書在上個月就不見了。」

「糟了，」維蒙說：「這恐怕不是好兆頭。但是光憑這一點，應該還不足以勞動福爾摩斯。」

「的確如此，倘若不是接下來的事，古書失竊也不值得一提。國家圖書館裡收藏了另一本《堤貝曼尼編年史》，兩本書對於地道細節的敘述略有差異，比方說地道的立面圖和比例，以及一些註解等等。這些註記並不是印刷在書本上，而是以墨水書寫，因此多多少少有些模糊或破損。我知道兩本書上的這些差異，也知道除非將兩張圖放在一起仔細對照，否則很難找出地道的正確位置。結果，在我這本編年史遭竊的第二天，有人到國家圖書館裡借出了館藏的編年史，最後書本卻莫名其妙的不知下落。」

他說完話，有幾位賓客忍不住驚呼出聲。

「如此一來，事態就嚴重了。同時，」德凡說：「警察也著手調查，不過沒有任何結果。」

「就和其他亞森．羅蘋策劃的案子一樣。」

「的確。就是這樣，我才會想到要請名偵探福爾摩斯出馬，而且他爽快地答應，準備迎戰怪盜亞森．羅蘋。」

「亞森．羅蘋眞是三生有幸！」維蒙說：「但是如果您口中這位國家級大盜對城堡沒有非分之想，那麼福爾摩斯豈不就白跑一趟？」

「他之所以願意出馬，還有另一個原因：他想要找出地道的位置。」

「爲什麼呢？您方才不是說過，地道的出入口一邊在城外，另一邊就在這間大廳裡嗎？」

「大廳的什麼地方呢？版畫上用了一道線條來代表地道，出口處只畫了一個圓圈，旁邊寫了『T. G.』兩個字母。這兩個字母一定是代表吉瓞塔。但吉瓞塔本身就是圓形的建築，有誰能確定版畫上的圓圈究竟指哪裡？」

德凡點起第二支雪茄，還爲自己倒了杯甜酒。大家繼續追問，他面帶微笑，對於自己製造的效果能夠引起眾人的注意，顯得十分滿足。

他終於開口：「這個祕密失傳已久，沒有人知道。傳說歷代堡主在死前的最後一刻才在床邊口耳相傳，告訴下個繼承人。但是最後一代繼承人喬佛瑞在大革命時期的共和二年一月七日死於斷頭台上，當時他只有十九歲。」

「到現在都已經超過一個世紀了，難道沒有人找過嗎？」

「有人找，但卻不曾找到。至於我呢，當我從國民公會議員黎爾布曾姪孫手中買下城堡的時候，也僱了一批人大費周章地尋找。但是，有什麼用呢？想想看，這座塔樓的周邊環水，與城堡僅有一條走廊相連，因此地道必定是在舊護城河的下方。根據收藏在國家圖書館的那幅版畫看來，地道有四排共四十八階的樓梯，我們由此推斷地道離地面至少有十公尺深。另外，根據我這幅版畫的縮放比例推算，地道的長度大約有兩百公尺。解答就在我們身邊的天花板、地板和牆面之間，但是我可不願意拆掉塔樓來找答案。」

「沒有任何線索？」

「沒有。」

傑利斯神父持相反意見：「德凡先生，我認爲我們應該研究那兩句引述的話。」

「啊！」德凡笑著說：「傑利斯神父熱中研究檔案和回憶錄，任何與堤貝曼尼堡相關的資料都能引起神父的興趣。但是神父提到的兩句話，只會讓事情更添神祕。」

「說說看吧！」

「大家眞的想知道？」

「非常想。」

「神父曾經在某處讀到，有兩位法國國王解開過謎團。」

「哪兩位國王？」

「亨利四世和路易十六。」

「這兩位國王都不是泛泛之輩。神父怎麼知道的呢？」

「喔！很簡單，」德凡繼續說：「亨利四世在阿爾克戰役的前夕曾經來過城堡，在這裡用膳過夜。當天晚上十一點鐘，愛德加公爵帶來了諾曼第最美麗的女人露易絲．坦卡維前來謁見國王，當時走的就是地道，也因此才揭露了家族祕密。亨利四世後來把這個祕密告訴他的大臣蘇利。蘇利在回憶錄裡頭曾經提起此事，他沒有任何評論，但是卻留下一句讓後人百思不解的句子：『斧頭旋轉，拉動空氣，一旦展翅，則可直達天主。』」

好一會兒，大家都沒有出聲。維蒙笑著說：「眞是越說越糊塗了。」

「可不是嗎？依傑利斯神父的推斷，是蘇利想要記下謎底，但是又不想讓幫他謄寫回憶錄的文書人員知道祕密。」

「這個推斷很合理。」

「我也這麼想，但是什麼『斧頭轉動、展翅飛翔』又該怎麼解釋？」

「還有，誰要直達天主？」

「眞是深奧。」

維蒙繼續說：「那麼，路易十六呢？他也接待過從地道走出來的女子嗎？」

「這我就不知道了。我只曉得在一七八四年的時候，路易十六曾經在堤貝曼尼堡住過，有人在羅浮宮裡找到的鐵製盔甲內發現國王親手寫的紙條，上面寫的是：『堤貝曼尼，二——六——十二』。」

奧瑞斯・維蒙笑了出來。「太妙了！迷霧漸漸散開，二乘以六不就等於十二嗎？」

「維蒙先生，您儘管笑，」神父說：「但是解答可能就藏在這兩句話裡頭，有朝一日，總會有人揭開謎底。」

「福爾摩斯會是第一位，」德凡說：「除非亞森・羅蘋能夠搶得先機。維蒙，您怎麼看？」

維蒙站起身來，一隻手搭在德凡的肩膀上說話：「我認爲，本來除了您書櫃上的編年史和圖書館的藏書之外，最重要的線索並沒有出現。現在，您好心地將線索提供給我，我得向您道謝。」

「這是說……」

「這是說，現在我知道斧頭在空中盤旋，小鳥展翅脫逃，加上二乘以六等於十二，我得趕緊上工了。」

「一分鐘都浪費不得。」

「正是如此！我難道不是應該在今天晚上——也就是福爾摩斯駕臨的前一個夜裡——到府上行竊嗎？」

「好好把握時間。您要我載您一程嗎？」

「到迪耶普？」

「是的，到迪耶普。我順道去接昂朵夫婦和他們朋友的女兒，火車會在午夜抵達迪耶普。」

德凡對幾位軍官說：「各位，我們明天在這裡共進午餐好嗎？你們一定要來，反正軍團要包圍城堡，在十一點鐘進行演習。」

軍官欣然接受德凡的邀請，大家分頭離開。不久之後，德凡和維蒙搭乘私家汽車前往迪耶普。德凡讓維蒙在俱樂部下車，自己前往車站。

德凡的朋友在午夜準時抵達，十二點半時，一行人開著車駛進堤貝曼尼堡的大門。凌晨一點，眾人用過簡單的宵夜之後，便各自告退回房。燈火逐漸熄滅，整個城堡籠罩在沉靜的夜色當中。

*　*　*

月亮從雲朵間探出頭來，柔和的光線穿過兩扇大窗映入大廳，也照亮了窗台。然而沒多久，月亮立刻又隱身到山巒的後方，大廳恢復一片陰暗，寂靜似乎更加深沉。偶爾傳來的輕聲細響，不知是家具的聲音，或是高牆外，蘆葦在護城河上窸窣作響。

隨著時間流轉，大鐘滴滴答答作響。噹，噹，兩點鐘了。單調的滴答聲在一片寂靜當中持續前進，接著，鐘敲三響。

突然間，黑暗中傳出喀嗒聲，就像是列車行進時，信號燈亮起又熄滅的聲音。微弱的光線穿過大廳，彷彿拖引了一束火花的箭頭。撐住老書櫃頂正面山形裝飾的壁柱上有個凹槽，光束便是由這處凹槽往外照射，先射到正前方的壁板上，映出圓形的光點，然後猶如一道警覺的目光般，在黑暗中四處游移。接著光束突然消失，但隨著老書櫃緩緩向外旋轉，光線再度出現。這時，書櫃的後方出現一個巨大的拱形開口。

一個男人走進大廳，手上拿著一支手電筒。他的身後跟著另外兩個男人，分別抱著一綑繩索和各式工具。第一個男人檢視大廳，先是側耳傾聽，然後說：「叫大家進來。」

八個健壯結實的小伙子從地道裡走了出來，準備開始搬運。

整個過程十分迅速，亞森・羅蘋在家具間來回走動，根據不同的體積和藝術價值來決定是否留置，或交代屬下：「搬走！」

地道張開大口，吞下一件件家具，然後往外送。

於是乎，六張扶手椅、六張路易十五時代的座椅、奧布頌高級手工地毯、谷堤耶製作的燭台、法格納和納迪爾的名畫、胡頓雕刻的人像，以及大大小小的雕像全都被搬進了地道裡往外運。羅蘋不時停住腳步，審視精美的大衣櫃和傑出的畫作，然後嘆著氣說：「這件太重……這件太大……可惜啊！」然後再繼續挑選。

四十分鐘之後，羅蘋認爲大廳終於「整頓完畢」。搬運的過程井然有序，沒有發出任何聲響，不知情的人會以爲這些東西早就以棉布襯妥善包裝待運。

走在最後面的屬下手上捧著布勒的畫作，羅蘋對他說：「不必再回來了，聽到嗎，卡車一裝滿，你們就趕快載著東西到霍克福的倉庫去。」

「老大，那您呢？」

「把摩托車留給我就好。」

這名屬下離開之後，亞森・羅蘋仔細清理搬運物品之後留下的一團混亂，擦掉指紋腳印，然後將書櫃推回原來的位置。他拉開一扇門，走向連結城堡和吉蘿塔的走廊。走廊中間的玻璃櫃正是引羅蘋來到城堡的主因。

玻璃櫃裡收藏了許多珍貴的手錶、鼻煙壺、戒指、珠鍊，還有不少精美細緻的工藝品。他掏出鉗子撬開鎖頭，帶著無比喜悅的心情，把玩這些金銀飾品和精緻的藝術品。

他隨身攜帶了一個用來收納這些額外收穫的特製布袋，除了布袋之外，羅蘋外套、背心和長褲的口袋裡也同樣裝滿了寶藏。正當他用左手拎起一個珍珠提包的時候，聽到了一聲輕響。

他仔細聽，的確有聲音，而且越來越清楚。

他突然想起一件事，走廊盡頭的樓梯可以通到一個房間。德凡午夜裡到車站接來了昂朵夫婦和一名年輕女子，女子就是住進這間本來沒有人居住的房間。

他迅速按熄手電筒的光線。他才剛躲到窗簾後面，樓梯上方的門就打了開來，微弱的燈光照進走廊。

在窗簾的半遮半掩下，他沒辦法清楚看見眼前的景象，但是他感覺到有人輕輕地走下樓來。他暗自希望這個人不要繼續走過來，但是來者下樓後，繼續往走廊前進，還失聲輕呼，顯然是看到玻璃櫃遭到破壞，裡面的收藏所剩無幾。

羅蘋聞到香水的味道，知道來者是個女人。她的衣襬輕輕劃過窗簾，他幾乎聽得見她的心跳，同樣的，她也察覺到陰影中，就在咫尺之外，還有別人……。羅蘋心想，「她很害怕，馬上就會離開，她不可能待在這裡。」但是她不但沒有走開，手上的蠟燭也不再顫抖。她轉過身子，猶豫了一會兒，似乎在凝聽令人害怕的死寂，接著，她猛然拉開窗簾。

兩人四目相望。

亞森・羅蘋驚訝地低聲說：「您……您……是妮麗小姐！」

妮麗小姐！他們曾經搭乘同一艘渡輪，在那段難忘的行程當中，這位女郎帶給年輕的羅蘋無限的美夢與幻想，當她目睹羅蘋就捕的一幕，不但沒有背棄他，反而順手將藏有贓物的相機丟到大海裡……妮麗小姐！後來，當羅蘋身陷囹圄時，只要懷想起她的身影，仍然是百感交集。

難以捉摸的巧合，讓他們在這個深夜再次在城堡相見，兩個人都無法動彈，也說不出話，站在眼前的人彷彿施展出催眠般的魔法。

妮麗小姐情緒激動，顫抖地坐了下來。

羅蘋站在她的面前，在這似乎永無止境的幾秒鐘之間，他逐漸意識到自己此刻的模樣：手上捧著珠寶，口袋鼓脹，塞滿贓物的大布袋幾乎就要撐破。他感到無比羞慚，為自己這個當場被撞見的竊盜行徑滿臉通紅。從此之後，他在妮麗眼裡永遠是竊賊，是謀取他人財富的偷兒，是破門而入、趁人不備時下手的搶匪。

一只懷錶掉到了地毯上，接著是另一只，他手中的首飾、珠寶、藝品紛紛落下。他突然痛下決定，把手上的東西放在扶手椅上，並且掏空口袋，倒出袋子裡的所有贓物。

他稍微恢復自持，想要上前和她說話。但是她先是瑟縮了一下，然後突然起身，像是受到極大的驚嚇，急急走向大廳。羅蘋跟在她身後，看到她渾身發抖地站在廳裡，眼睛直盯著空空蕩蕩的室內看。

他立刻說：「明天下午三點鐘，所有的東西都會回到原位……我會把家具都運回來。」

她完全沒有回應，羅蘋接著說：「明天三點，我向您承諾。世上沒有任何事可以阻擋我的承諾……明天，三點鐘……」

兩人都沒有說話，氣氛凝重。他不敢打破沉默，妮麗的反應讓他十分難過。羅蘋一言不發，慢慢地退離她身邊。

他心想，「讓她離開吧！……希望她不要對我心生畏懼……」

妮麗突然顫抖地說：「聽……有腳步聲……我聽到有人走過來……」

他驚訝地看著她。她對於即將出現在面前的危險，似乎同樣的害怕。

「我沒聽到聲音，」他說：「而且……」

「怎麼可能！快跑……趕快逃……」

「逃？爲什麼要逃？」

「聽我的……快逃……別留在這裡……」

她急忙跑向走廊，凝神傾聽。沒有，沒有人，也許聲音是從外面傳進來的。她等了一會兒，稍微安下心，然後轉過身來。

亞森・羅蘋已經不見蹤影。

* * *

德凡一發現城堡遭竊賊光顧，馬上就對自己說：「一定是維蒙，他就是亞森・羅蘋。」這是唯一合理的解釋。但是隨後一想，這個念頭未免荒謬。維蒙怎麼可能不是維蒙？他是知名的畫家，和艾斯特方表哥同是俱樂部的會員。於是當警方接獲報案來到城堡的時候，德凡完全沒想到要把這個荒唐的猜測說出來。

整個上午的時間，堤貝曼尼堡裡人來人往。維持鄉下治安的軍警人員、迪耶普的警察局長，甚至是村裡的居民，全都湧向城堡的走廊和花園。軍團的火砲演習更是爲場景添加了幾分戲劇效果。

警方的初步調查沒有能找出與竊案相關的線索。門窗都沒有遭到破壞，毫無疑問，竊賊一定是由祕密通道出入，然而地毯上卻又找不到腳印，牆壁也沒有異狀。

大家料想不到的，是那本十六世紀的編年史竟然回到了原來在書櫃上的位置，旁邊擺的另一本古書，正是國家圖書館失竊的另一冊編年史。這著實反映出亞森・羅蘋的怪誕作風。

十一點鐘，德凡與高采烈地迎接應邀前來用餐的軍官，他雖然損失了不少珍貴的收藏品，但是德凡家產雄厚，這點損失還不至於壞了他的興致。他的朋友昂朵夫婦和妮麗小姐也下樓來，準備共進午餐。

德凡向大家介紹剛到的幾位賓客，接著就發現少了一個人：奧瑞斯・維蒙。他怎麼沒有出現？看到他缺席，喬治・德凡不免開始猜疑。但就在正午十二點鐘的時候，維蒙走進了城堡。德凡說：「早啊，您終於現身了！」

「我不夠準時嗎？」

「您很準時，但是度過刺激萬分的一夜之後，您大可不必出席！您聽說了吧？」

「什麼事？」

「您洗劫了提貝曼尼堡。」

「別胡說了！」

「事實就是如此。但是，請您先陪伴安德當小姐到餐桌邊……妮麗小姐，請讓我……」

德凡看到妮麗神情緊張，於是停下說到一半的話。接著他突然想到，「對了，說到這裡，聽說您曾經在亞森・羅蘋就捕之前和他搭乘同一艘船……維蒙和他長得眞像，很嚇人，是嗎？」

她沒有回答。站在她面前的維蒙露出微笑，點頭致意，讓她挽著他的手臂。他帶妮麗小姐走至她的座位，自己來到她對面坐下。

用餐時，大家入迷地談論亞森・羅蘋、被偷走的家具、地道，以及福爾摩斯。一直到午餐接近尾聲，大家開始聊起其他話題的時候，維蒙才加入對話。他時而詼諧，時而嚴肅，有時沉思，忽而又滔滔不絕。他所說的話，似乎都是爲了取悅年輕的妮麗小姐，但是她沉浸在自己的思緒當中，完全沒聽他說話。

大家隨後來到陽台上喝咖啡，從這個露天的看台望過去，可以欣賞到城堡的前庭和正門旁邊的法式庭園。軍團的樂師在草坪上演奏音樂，村民和士兵在花園小徑上漫步。

這時妮麗突然想起亞森・羅蘋的承諾：「三點鐘，所有的東西都會回到原位。」

三點鐘！城堡右翼的大鐘指向兩點四十分。她情不自禁，不時去盯看時間。她同樣注意著維蒙的一舉一動，卻發現他氣定神閒，舒舒服服地坐在搖椅上。

兩點五十分，五十五分……她既煩躁又焦急。城堡和前庭裡全是人，加上檢察官和法官正在進行調查，羅蘋有可能準時達成奇蹟般的任務嗎？

可是……可是亞森・羅蘋嚴肅地說出他的承諾。她心想，他既然說出口，就一定會做到，這個男人旺盛的精力和自信的態度，已經在她心裡烙下深刻印象。對他來說，他所承諾的事並不是奇蹟，而是無可抗拒的事實。

兩人四目相望，她紅著臉移開視線。

三點了……第一聲鐘聲響起，接著是第二聲、第三聲鐘響。奧瑞斯・維蒙掏出懷錶，抬起眼睛看著大鐘對時，然後把懷錶放入口袋裡。幾秒鐘的時間過去，這時草地上的人群突然散開，讓路給兩輛各由雙馬拉進花園的篷車。這兩輛篷車，是跟在軍團後方載運後勤補給物品以及軍官行李、士兵背包的後勤補給車。兩輛馬車來到台階前方，一名士官從車上跳下來，要求見德凡先生。

德凡快步向前，走下階梯。馬車篷頂下擺的東西，不正是他失竊的家具、畫作和藝品嗎？而且全都包紮妥當。

這名庶務官表示自己奉值星官②的命令行事，而值星官則是在今天早晨才接到指示。這紙命令要求第四營第二連將置放在阿爾克林區亞勒路口的物品在下午三點鐘送交堤貝曼尼堡的主人喬治・德凡先生，命令的簽署人是鮑維上校。

「我們一到路口，」士官說：「就看到這些東西整齊地排列在草地上，並且還有行人圍觀。我也覺得蹊蹺，但是我不能違抗命令。」

一名軍官檢視上校的簽名，簽名模仿得維妙維肖，但卻不是上校的親筆字跡。

樂師停止演奏，大家卸下篷車上的東西，以便歸回原位。

在這一陣混亂當中，妮麗單獨留在露天陽台的角落。她的心情沉重，思緒紊亂，不知該如何看待眼前的騷動。維蒙朝她走了過去，她想趕緊避開，但是陽台的兩側設有欄杆，後面又有一排濃密的樹叢，她只能面對迎面而來的羅蘋。她一動也不動，陽光穿過樹葉，灑在她的金髮上。他用低沉的聲音說：「我實現了昨晚的承諾。」

亞森・羅蘋來到她的身邊，他們的四周沒有別人。

「我實現了昨晚的諾言。」他再次開口的時候，語調顯得有些猶豫。

他期待妮麗小姐能夠出聲道謝，或至少肯定他的做法。但是她沒有說話。

妮麗小姐不屑的態度激怒了羅蘋，同時，他也感受到自己與妮麗小姐之間的距離遙不可及，如今，她知道了眞相。他想要辯駁，爲自己找些藉口，或者展現出自己最大膽、高尚的一面，但是話還沒出口，他就明白多說無益。於是他緬懷起過去，感傷地說：「過去的記憶似乎非常遙遠。您還記得我們在『普羅旺斯號』甲板上共度的時光嗎？瞧，當時您和今天一樣，手上都拿著一朵淺色的玫瑰花……我開口向您要，您當作沒聽見，但是在您離開之後，我卻發現您將玫瑰花遺留下來……大概是忘了拿吧，於是，我保留下那朵玫瑰。」

她還是沒有回答。對他來說，妮麗似乎遠在天邊。他繼續說：「記得美好的時光就好，不要多想您知道的事。我眞希望過去能與現在緊緊相連，希望我不是您昨夜看見的人，而是存在您記憶中的男子。您不願再看我一眼嗎？就算一秒鐘也好……難道我不是同一個人嗎？」

聽到他的請求，她抬起雙眼看著他。她沒說話，指著羅蘋戴在食指上的戒指。他將鑲嵌璀璨紅寶石的戒面朝掌心反戴，從正面只能看到戒環。

羅蘋漲紅了臉，這是喬治・德凡的戒指。

他露出苦笑。「您作了正確的選擇。人的本性永遠不會改變，亞森・羅蘋永遠是亞森・羅蘋，您和他之間，連回憶都不可能存在……請原諒我……我早就該明白我的出現，是對您的冒犯……」

他摘下帽子，靠向側面的欄杆。妮麗從他面前走過，他想拉住她，懇求她。但是他沒有勇氣，只好和許久之前，在紐約的那天相同，默默看著她離開。她踏上階梯，纖細的背影映在前廳的大理石上。沒多久，妮麗小姐就從羅蘋的眼簾中消失。

一片雲朵遮住了太陽，亞森・羅蘋站在原地，凝視地上纖巧的腳印。突然間，他全身一震，妮麗原來拿在手上的玫瑰，就落在她方才站立的竹叢邊。他剛剛不敢開口索花……她一定又忘了拿。是有意，還是無意呢？

他激動地俯身撿起玫瑰。花瓣飄然落下，他一片一片地拾撿起來，把花瓣當作神聖珍貴的寶物……

「走吧，」他自言自語，「這裡沒我的事了。再說，福爾摩斯馬上就到，還是小心爲上。」

＊　＊　＊

花園裡的人已經全都散去，但是在花園入口處的亭子裡還聚集著一群警察。羅蘋鑽進矮樹叢，攀越圍牆，踏上鄉間蜿蜒的小路，只想早點抵達車站。這條小路越來越窄，兩邊都是斜坡，這時有個人迎面走過來。

這個男人大概五十多歲，體格強壯，臉上的鬍鬚刮得很乾淨，以他的打扮來判斷，他應該是外國人。他手上拿著一把沉重的枴杖，將背包斜揹在身上。

兩個人擦身而過，外國人以略帶英國腔的口音向羅蘋問路：「先生，請問您，這條路通往城堡嗎？」

「先生，往前直走，左邊就是城堡的牆角了。大家都迫不及待，等您大駕光臨呢！」

「是這樣嗎？」

「是的，我的朋友德凡昨晚就對大家宣布了這個消息。」

「德凡先生多言了。」

「我很榮幸，能夠率先見到福爾摩斯先生，我是您最熱情的崇拜者哪。」

羅蘋的語氣中帶著一絲極不明顯的諷刺意味，但是一說出口，他立刻感到後悔。因為福爾摩斯上下打量羅蘋，沒放過任何細節。在這個銳利的眼神下，羅蘋覺得自己似乎無所遁形，這道鉅細靡遺的目光比任何相機都還要精確。

「太遲了，」他心想，「沒必要繼續隱瞞。只是……他認出我了嗎？」

兩人禮貌道別，這時出現一陣夾雜金屬碰撞聲響的馬蹄聲，來的是警察。他們為了讓路，只好貼近斜坡，站在高高草叢裡，警察長長的隊伍從兩人面前通過。在這段不算短的時間裡，羅蘋想，「這得看他有沒有認出我是誰。如果他認出我來，應該不會放掉這個機會，這麼一來，事情可就麻煩了。」

最後一名騎馬的警察終於離開，福爾摩斯站回路面，拍掉衣服上的塵土，什麼話也沒說。荊棘纏住他背包的帶子，亞森．羅蘋上前幫他解開。兩人再次對望。如果有人看到此時此刻這一幕，一定永生難忘。這兩個本領高強、才智過人，各有不同立場的男人初次會面，日後，兩人終將成為勢均力敵的對手。

福爾摩斯說：「謝謝您，先生。」

「不必客氣。」羅蘋回答。

兩個人分道揚鑣，羅蘋繼續朝車站走，福爾摩斯走向城堡。

檢察官在初步調查後無功而返，留在城堡裡的人無不好奇等待這位大名鼎鼎的英國偵探到來。當眾人看到福爾摩斯一副中產階級的打扮，對神探的眞面目和想像中的差距之大，不免感到失望。他一點也不像是故事中的英雄，和小說中謎樣人物完全不同。然而德凡還是熱情地迎了上去。

「啊，先生，您終於到了！我們期盼了好久……我不得不感謝這幾天發生的所有事件，因爲如此，我才有榮幸見到您本人。您是怎麼來的呢？」

「搭火車。」

「眞的！但是我派了車到渡輪碼頭去接您！」

「然後敲鑼打鼓，安排一場正式的歡迎會嗎？這的確會讓我的任務更容易辦了。」福爾摩斯沒有隱藏自己的不悅。

他的語氣讓德凡有些困窘，但是德凡仍然帶笑回答：「幸好，現在您的任務已經比當初我寫信告訴您時來得容易多了。」

「怎麼說？」

「因爲，竊案就在昨晚發生了。」

「德凡先生，如果您沒四處提我將來訪的事，竊案可能不會在昨晚發生。」

「那會在什麼時候呢？」

「明天，或是其他的日子。」

「這有什麼差別？」

「羅蘋可能會踏入我的陷阱。」

「那麼，我的家具呢？」

「就不會被搬走了。」

「家具全運回城堡裡來了。」

「運回來了？」

「下午三點鐘運回來的。」

「亞森・羅蘋送回來的嗎？」

「兩輛軍用補給馬車送回來的。」

福爾摩斯用力地將帽子戴回頭上，揹上背包。德凡驚呼：「您在做什麼？」

「我要走了。」

「爲什麼？」

「您的家具已經運回到城堡裡，亞森・羅蘋也遠走高飛，我的任務結束了。」

「但是，先生，我的確需要您的協助。昨天發生的竊案，以後可能再次發生。因為我們還不知道亞森・羅蘋是怎麼進出城堡的，這才是最重要的關鍵。還有，他為什麼在犯案的幾個小時後，又把東西送了回來。」

「啊，您還不知道……」

福爾摩斯想到還有謎團等待他來破解，態度軟化了些。

「那好，我們就找找看吧！但是要快，而且，不要太多人參與。」

這句話顯然是指在場的賓客，德凡明白福爾摩斯的意思，帶著這位貴客走進大廳。福爾摩斯語氣冷硬，簡短地詢問了幾個似乎事先就已經準備好的問題。他問起昨天的晚宴、參加的賓客，以及城堡的常客名單。接著他仔細檢查兩本編年史，比較不同的地道圖，並且要求德凡重述傑利斯神父提起的兩句引述。

「你們在昨天才首次提起這兩句引述嗎？」

「確實是昨天。」

「在此之前，您從來沒向奧瑞斯・維蒙提起這兩句話？」

「從來沒有。」

「好，請安排調度您的汽車。我在一個小時之後就要離開。」

「一個小時！」

「您提出問題之後，亞森・羅蘋也沒有花更多時間來破解。」

「我！……我向他提出問題……」

「沒錯，亞森・羅蘋和奧瑞斯・維蒙是同一個人。」

「我就知道……啊！這個惡劣的傢伙！」

「應該說，昨天晚上十點，您提供給了亞森・羅蘋一些他在這幾個星期以來遍尋不獲的線索。昨晚，他在短短的時間裡解開謎底，集結手下行竊。我不打算花更多時間解謎。」

他在大廳裡來回踱步，一邊思索，然後他坐了下來，長腿交疊，雙眼緊閉。

德凡尷尬地等待，心裡一邊想，「他是睡著了，還是在思考？」

德凡讓福爾摩斯留在大廳裡，自己到外面處理事情。當他回到大廳的時候，看到福爾摩斯跪在走廊的樓梯邊檢查地毯。

「有什麼發現？」

「您看，這裡有幾滴蠟油。」

「的確，而且看起來像是剛留下來的痕跡。」

「樓梯上方也有幾滴蠟油，在被羅蘋敲破的玻璃櫃附近還有更多痕跡。他把從玻璃櫃裡拿出來的藝品都放在扶手椅上。」

「您有什麼推論？」

「沒有。這些線索足以解釋他爲什麼會將到手的贓物送回來，但是我沒時間處理這個額外的枝節，我的重點是要找出地道的位置。」

「您希望……」

「不是希望，我確實知道。離城堡大約兩三百公尺的地方，是不是有一座小教堂？」

「那座教堂只剩下廢墟，羅蘭公爵就埋在那裡。」

「請派您的司機去教堂旁邊等我們。」

「我的司機還沒有回來……如果回來，會有人告訴我的。您認爲地道可以通到小教堂嗎，根據什麼線索……」

福爾摩斯打斷他的話。「麻煩您，德凡先生，請您幫我找個梯子，還要一把手電筒。」

「啊？您需要梯子和手電筒？」

「如果不需要，我何必向您開口。」

德凡頓時說不出話來，按下叫人鈴。佣人很快地將這兩件東西送過來。

接下來，福爾摩斯說出一串彷彿軍令的指示：「請將梯子靠在書櫃上，放在『堤貝曼尼』這幾個字的左邊……」

德凡搬動梯子，福爾摩斯繼續說：「靠左一點……向右……停！好，現在請您爬上去……這幾個字都是浮雕的，對嗎？」

「是的。」

「我們從『H』這個字母開始。這個字母可以向左或向右旋轉嗎？」

德凡扭動字母，驚呼：「可以轉！可以向右轉四分之一圈！是誰告訴您……」

福爾摩斯沒有回答，繼續說：「從您現在所站的位置，可以碰到『R』嗎？好……用扣拉門栓的方式拉動這個字母。」

德凡拉動「R」，驚訝地發現自己喀嗒一聲啓動了裡面的機關。

「好極了！」福爾摩斯說：「我們現在把梯子移到書櫃的另外一端，也就是『堤貝曼尼』這幾個字的右側。好，現在呢，假如我沒猜錯，『L』這個字母應該可以打開。」

德凡戒慎恐懼地握住「L」。這個字母往外打開，但是德凡卻從梯子上滾了下來。大書櫃的中間部分——也就是『堤貝曼尼』這幾個字底下的櫃子——整個往外旋轉打開，後面出現地道的入口。

「您沒受傷吧？」

「沒事，沒事，」德凡站起身子，「沒受傷，但倒是嚇了一跳，眞沒想到……這些字竟然可以打開地道的出入口！」

「可不是嗎，完全吻合蘇利留下來的那句話。」

「怎麼說？」

「天哪！『H』旋轉（**字母的發音與斧頭 hache 雷同**），拉動『R』（**發音與空氣 air 雷同**），一旦展『L』（**發音與翅膀 l'aile 相近**），亨利四世就可以和美麗的露易絲·坦卡維女士私會了。」

「那麼路易十六的字條怎麼解釋？」德凡吃驚地問。

「路易十六是個技術高超的鐵匠兼鎖匠。我讀過一篇有關密碼鎖的文章，據傳就是他的著作。堤貝曼尼是路易十六的家臣，一心想將這個傑出的機械設計展現給國王觀賞。爲了方便記憶，路易十六寫下二──六──十二，分別代表『堤貝曼尼』（Thibermesnil）的第二、第六和第十二個字母：『H』、『R』，以及『L』。」

「眞精采，我懂了……只是，我們知道怎麼從大廳這側開啓地道，但可別忘了，羅蘋是從城堡外潛進大廳的，這又該如何解釋？」

福爾摩斯打開手電筒，往地道裡走了幾步。

「您瞧，這個機關設計就和大鐘的機制一樣，從背後可以看到字母的反面。羅蘋只需要從這裡操作，就可以打開地道的出入口。」

「您有什麼證據？」

「證據？看看這灘機油。羅蘋設想周到，先用機油潤滑久未啓動的裝置。」福爾摩斯的語氣中帶有一絲欽佩。

「他怎麼知道另一邊出口在哪裡？」

「和我一樣。請跟我來。」

「要進地道？」

「您會害怕嗎？」

「不，但是您確定您找得到路？」

「就算閉著眼睛也能找到。」

他們先往下走十二級階梯，再走十二級，接著又往下走兩次十二級階梯。兩人進入一道長走廊，看得出磚砌的牆壁經過幾度修繕，有些地方有漏水的痕跡，地面也十分潮濕。

「我們現在來到了護城河下面。」德凡有些擔心。

走廊的另一端也有四段十二級階梯，他們吃力地往上爬，終於進到一處小石穴，這個地方就是地道的盡頭。

「該死，」福爾摩斯低聲說：「只看到光禿禿的牆面，眞讓人生氣。」

「我們往回走吧，」德凡說：「這樣就夠了，不需要繼續找下去。」

這時福爾摩斯抬起頭，放心地嘆了一口氣。在兩個人的頭頂上方有個相同的開鎖機關。他依照原來的方式轉動字母，一大塊花崗石開始轉動。地道的另一側是羅蘭公爵的墓碑，上面一樣雕刻著

「堤貝曼尼」。走出地道之後，他們果然來到福爾摩斯先前所提到的教堂廢墟。

「我們果然『直達天主』，也就是說，來到了教堂。」福爾摩斯唸出最後一句話。

「怎麼可能，」德凡對福爾摩斯的精準判斷大感讚嘆，「短短的幾句話就讓您破解了這個祕密？」

「呃，」福爾摩斯說：「其實沒這個必要。在國家圖書館那本編年史的地圖上，地道的左邊畫了一個圓圈，這您也曉得。您所不知道的，是地道的右側終點本來有個十字架，只是到現在已經很模糊，除非用放大鏡，否則看不到。十字架所代表的當然是我們現時所在的位置，這個小教堂。」

德凡簡直無法相信福爾摩斯的這番話。

「不可思議，卻像兒戲一樣簡單！爲什麼從來沒有人想到？」

「因爲除了亞森・羅蘋和我之外，過去從來沒有人把這幾個線索串連在一起，包括這兩本編年史，和兩句引述。」

「但是我沒想到，」德凡抗議，「傑利斯神父也一樣。我們和你們兩個人知道的一樣多，但是卻……」

福爾摩斯笑了起來。「德凡先生，不是每個人都能解謎。」

「但是我花了十年的時間，而您在短短的十分鐘之內……」

「哎，習慣使然……」

他們走出教堂，福爾摩斯說：「看，有輛車在等我們！」

「是我的車子！」

「您的車？我以爲您的司機還沒回來。」

「是這樣，我也不明白……」

兩人往前走向車邊，德凡問司機：「愛德華，是誰要你過來接我們？」

司機回答：「啊，是維蒙先生。」

「維蒙先生？你碰到他了嗎？」

「在車站附近碰到的。他要我到教堂來。」

「要你到教堂來？爲什麼？」

「來等您，還有您的朋友。」

德凡和福爾摩斯互望了一眼。德凡說：「他知道這個祕密對您來說，不過是雕蟲小技罷了。他還眞有心。」

名偵探福爾摩斯薄薄的嘴角露出愉快笑容，他樂於接受讚美。他搖著頭說：「有氣魄！一看到他，我就知道了。」

「您見過他？」

「我們剛剛在小路上擦身而過。」

「您當時就知道他是奧瑞斯・維蒙，不，我是說亞森・羅蘋？」

「剛開始不曉得，但是要不了多久就猜了出來……從他嘲諷的語氣裡聽出來的。」

「您讓他跑了？」

「是啊，而且我還佔了上風……當時剛好有五名騎警路過。」

「天哪！這可是絕無僅有的良機！」

「正因爲如此，」福爾摩斯驕傲地說：「我福爾摩斯碰到亞森・羅蘋這樣的對手，絕對不會落井下石，而是製造機會。」

時間不早了，既然羅蘋派了汽車過來，不如接受他的美意。德凡和福爾摩斯坐上汽車，愛德華發動引擎，一行人駛向渡輪碼頭，沿途經過田園美景，樹叢和果林，諾曼第的科區一帶優雅的景致展現在他們面前。德凡突然發現置物箱裡有個小包裹。

「這是什麼東西？包裹嗎？給誰的呢？啊，是給您的。」

「給我的？」

「您看，『致福爾摩斯先生，亞森・羅蘋謹上』。」

福爾摩斯拿起包裹，拆開兩層包裝紙之後，看到一只錶。

「呀！」他驚呼一聲，憤怒地比畫手勢。

「錶？」德凡說：「會不會是……」

福爾摩斯沒有應答。

「怎麼，是您的錶！亞森・羅蘋把您的錶還了回來！這表示他在稍早時偷走您的錶……他偷了您的錶！哈！太精采了！羅蘋偷了福爾摩斯的錶！天哪，真好笑。啊，不，請您原諒，但是我實在忍不住……」

一陣大笑之後，德凡佩服地說：「啊，的確有氣魄！」

福爾摩斯靜靜地坐在車上，在車子到達迪耶普之前，他一句話也沒說，雙眼緊盯著遠方看。這種沉默，比爆發的狂怒更駭人，更難以捉摸。到了渡輪碼頭之後，他用心平氣和的語氣說話，儘管如此，德凡依然聽得出這位名偵探的意志力和內蘊的力量。

「是的，他的確有氣魄，但是有朝一日，我一定會親手逮捕他。我相信亞森・羅蘋和福爾摩斯一定會再度交手。世界不大，我們絕對遇得到……走著瞧吧……」

譯註：

①盧布朗將 Sherlock Holmes改為Herlock Sholmès，大眾皆知他影射的是柯南・道爾筆下的神探福爾摩斯，故此文中直接將名字改為夏洛克・福爾摩斯——而非依原文的福洛克・夏爾摩斯。

②負責當週勤務的長官。

亞森・羅蘋系列全集（莫里斯・盧布朗著）一覽表

初版時間	中文書名／法文書名
1907	怪盜紳士亞森・羅蘋（九則短篇故事） *Arsène Lupin gentleman cambrioleur* 好讀出版／亞森・羅蘋冒險系列01→2010年八月推出
1908	怪盜與名偵探（兩則中篇故事） *Arsène Lupin contre Herlock Sholmès* 好讀出版／亞森・羅蘋冒險系列04→2010年十二月預定推出
1909	奇巖城（長篇故事） *L'Aiguille creuse* 好讀出版／亞森・羅蘋冒險系列05→2010年十二月預定推出
1910	八一三之謎（長篇故事） *813* 好讀出版／亞森・羅蘋冒險系列03→2010年十月預定推出
1912	水晶瓶塞（長篇故事） *Le Bouchon de cristal* 好讀出版／亞森・羅蘋冒險系列08→2011年三月預定推出
1913	羅蘋的告白（九則短篇故事） *Les Confidences d'Arsène Lupin*
1915	神祕黑衣人（長篇故事） *L'Éclat d'obus*
1917	黃金三角（長篇故事） *Le Triangle d'or* 好讀出版／亞森・羅蘋冒險系列09→2011年四月預定推出
1919	棺材島（長篇故事） *L'Île aux trente cercueils* 好讀出版／亞森・羅蘋冒險系列07→2011年二月預定推出
1920	虎牙（長篇故事） *Les Dents du tigre* 好讀出版／亞森・羅蘋冒險系列06→2011年一月預定推出
1923	八大奇案（八則短篇故事） *Les Huit Coups de l'horloge* 好讀出版／亞森・羅蘋冒險系列02→2010年九月預定推出
1924	羅蘋與魔女（長篇故事） *La Comtesse de Cagliostro*
1927	碧眼少女（長篇故事） *La Demoiselle aux yeux verts*
1927	穿羊皮的人（短篇故事） *L'Homme à la peau de bique*
1928	名偵探羅蘋（九則短篇故事） *L'Agence Barnett et Cie*
1928	奇怪的屋子（長篇故事） *La Demeure mystérieuse*
1930	古堡驚魂（長篇故事） *La Barre-y-va*
1930	綠寶石之謎（短篇故事） *Les Cabochon d'émeraude*
1932	兩種微笑的女人（長篇故事） *La Femme aux deux sourires*
1934	神探與羅蘋（長篇故事） *Victor de la Brigade mondaine*
1935	魔女的復仇（長篇故事） *La Cagliostro se venge*
1939	羅蘋的財富（長篇故事） *Les Milliards d'Arsène Lupin*

法國 亞森・羅蘋 Arsène Lupin

繪圖／霸子

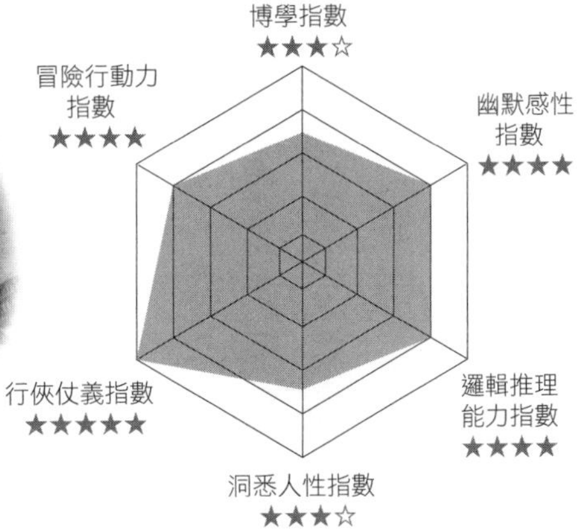

原作者 莫里斯・盧布朗（*Maurice Leblanc, 1864-1941*）

登場作 《怪盜紳士亞森・羅蘋》
Arsène Lupin Gentleman Cambrioleur

代表作 《813之謎》813

文／冬陽（推理評論名家）

怪盜亞森・羅蘋，一八七四年生，四歲時父親因犯下詐欺罪死在獄中，之後與母親共同生活在收留家庭，受盡嚴苛的對待，自此在其幼小的心靈埋下日後搖身成為怪盜的種子。

相較於福爾摩斯與布朗神父，羅蘋的推理手法並無特殊之處，不過增添了豐富的人生歷練，例如前述的童年遭遇、青年時期繽紛的感情與家庭生活、加入外籍兵團的冒險遊歷等等，成為亞森・羅蘋冒險故事的最大特色。這些故事的源頭和架構基本上仍屬推理小說的範疇，只是增添了更多浪漫的騎士精神，人情味濃厚許多。

除此之外，怪盜亞森・羅蘋的故事還可以用一個字來形容，那就是「變」。他可以將看守嚴密的寶物變不見，也可以自難以脫逃的牢獄中消失；他能夠自在地變換自己的長相、口音與筆跡，甚至把自己變成警察局長指揮辦案！

然而，罪犯化身警察的情節並非作者盧布朗首創。一八〇九年，法國惡名昭彰的大盜維多克受巴黎警局邀請加入警方掃蕩黑道，治安因此大幅轉好，維多克後來將此一經歷寫成回憶錄，這種正邪角色顛倒的真實事件反成了虛構故事的魅力來源，增加了小說的可看性。

附錄：推理界三大名角（二）

英國 夏洛克・福爾摩斯 Sherlock Holmes

繪圖／霸子

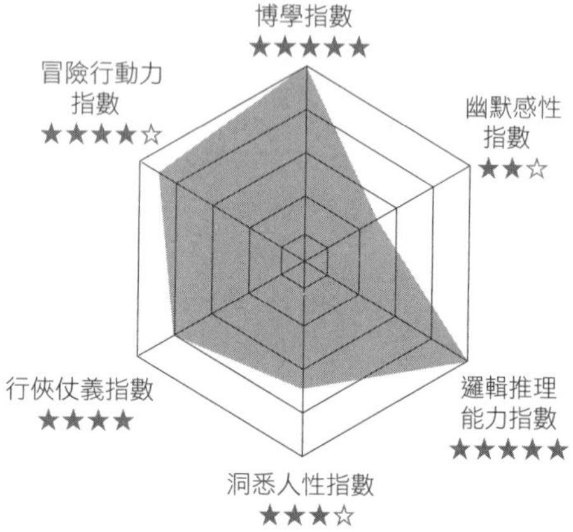

原作者 亞瑟・柯南・道爾（*Arthur Conan Doyle, 1859-1930*）

登場作〈血字的研究〉*A Study in Scarlet*

代表作《巴斯克維爾的獵犬》*The Hound of the Baskerviles*

文／冬陽（推理評論名家）

身高超過六呎（約一八三公分），體型瘦削，眼神銳利，鷹勾鼻，下顎方稜。自稱「顧問偵探」，專門解決私家偵探或警方無法查出真相的詭譎怪案，住在英國倫敦貝克街221B，室友是自戰場傷癒歸國的約翰・華生醫師，後來成為他最得力的助手，也是其冒險故事的記錄者。

學識淵博，尤其在科學、植物學、地質學與解剖學上有實務經驗，對菸草特別有研究；但對文學、哲學、天文學與政治學方面的認知趨近於零。觀察能力強，擅長運用歸納法與演繹法進行邏輯推理；另長於棍棒、拳擊、劍術與易容術，喜愛演奏小提琴、做化學實驗；生活中缺乏案件調查、無所事事時，會施打古柯鹼以尋求刺激。

系列故事中有幾位重要配角：「犯罪界的拿破崙」犯罪集團首領莫里亞蒂教授、蘇格蘭場警官雷斯垂德與葛雷格森、在英國政府任職的兄長麥克洛夫特、住所的房東赫德森太太，還有由貝克街上孩童組成的「貝克街偵查隊」。

晚年因年事已高，不再接手案件，退隱蘇塞克斯鄉間養蜂去了。

原作者亞瑟・柯南・道爾共完成五十六則短篇、四則長篇故事，後世作家所寫的仿作、贋作則不可勝數。

英國 布朗神父 Father Brown

繪圖／霸子

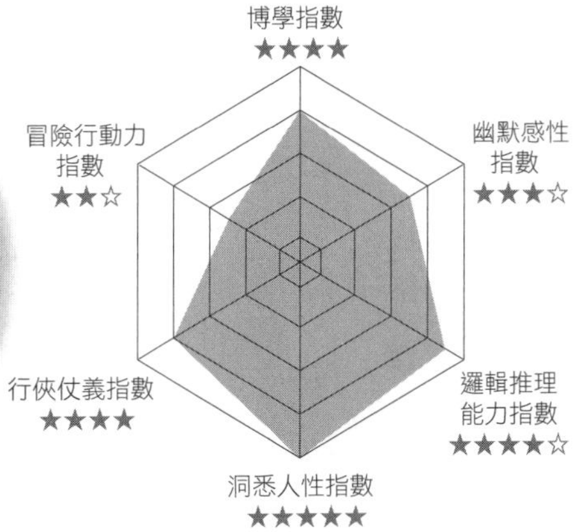

原作者 G. K. 切斯特頓（*Gilbert Keith Chesterton, 1874-1936*）

登場作 〈鑲藍寶石的十字架〉*The Blue Cross*

代表作 《布朗神父的天真》*The Innocence of Father Brown*

文／冬陽（推理評論名家）

若說福爾摩斯是「物證推理」的翹楚，善於從案件現場尋獲的物件線索拼湊出真相，那麼，布朗神父絕對是「心證推理」的第一把交椅，開犯罪心理調查之先河。

布朗神父篤信羅馬天主教，身材矮小圓胖，臉上掛著圓框眼鏡，頭戴圓頂寬邊黑帽，終年身穿一襲黑袍，手持一把老舊的長柄雨傘（不時遺落忘了帶走），再加上平凡的長相、遲緩的舉動、木訥少話的性格，使得他極容易被眾人忽略，被認為是個窮酸的鄉下神父。

不過正因如此，布朗神父總能神不知鬼不覺地融入人群之中，細查每個人表情、肢體、言語上的細微變化，在他敏捷的腦海（跟他的外表一點都不搭調）中迅速推敲、運用他純真如孩童般的心靈盡情想像，往往一開口便語驚四座，造成「能洞悉人心」的驚奇效果。這絕非神蹟的展現或第六感使然，而是因為布朗神父擅長從「心理動機」著手調查，甚至從走廊上的腳步聲就能預知一樁犯罪行動，令人驚嘆。

原作者G. K. 切斯特頓共發表的五十一篇布朗神父短篇探案，其中安排了一位有趣的配角弗蘭博，與布朗神父的組合擦碰出不同於福爾摩斯與華生的趣味。

國家圖書館出版品預行編目資料

怪盜紳士 亞森羅蘋／莫里斯・盧布朗著（Maurice Leblanc）；蘇瑩文譯．—— 初版．——臺中市：好讀，2010.08
面：　公分，——（典藏經典；27）

譯自：Arsène Lupin gentleman cambrioleur

ISBN 978-986-178-158-7（平裝）

876.57　　　　99009356

好讀出版

典藏經典 27

怪盜紳士　亞森羅蘋

原　　著／莫里斯・盧布朗
翻　　譯／蘇瑩文
總 編 輯／鄧茵茵
文字編輯／林碧瑩
美術編輯／許志忠
行銷企劃／劉恩綺
發 行 所／好讀出版有限公司
台中市 407 西屯區工業 30 路 1 號
台中市 407 西屯區大有街 13 號（編輯部）
TEL: 04-23157795 FAX: 04-23144188 http://howdo.morningstar.com.tw
（如對本書編輯或內容有意見，請來電或上網告訴我們）
法律顧問／陳思成律師

總 經 銷／知己圖書股份有限公司
（台北）台北市 106 大安區辛亥路一段 30 號 9 樓
TEL: 02-23672044 / 23672047 FAX:02-23635741
（台中）台中市 407 西屯區工業 30 路 1 號
TEL: 04-23595819 FAX: 04-23595493
E-mail:service@morningstar.com.tw
網路書店 http://www.morningstar.com.tw
郵政劃撥：15060393
戶名／知己圖書股份有限公司

印　　刷／上好印刷股份有限公司 TEL: 04-23150280
初　　版／2010 年 8 月 15 日
初版九刷／2017 年 12 月 25 日
定　　價／199 元
如有破損或裝訂錯誤，請寄回台中市 407 西屯區工業 30 路 1 號更換（好讀倉儲部收）

Published by How Do Publishing Co., LTD.
2017 Printed in Taiwan
ISBN 978-986-178-158-7

讀者回函

只要寄回本回函，就能不定時收到晨星出版集團最新電子報及相關優惠活動訊息，並有機會參加抽獎，獲得贈書。因此有電子信箱的讀者，千萬別吝於寫上你的信箱地址

書名：怪盜紳士　亞森羅蘋

姓名：＿＿＿＿＿＿＿ 性別：□男 □女　生日：＿＿年＿＿月＿＿日

教育程度：＿＿＿＿＿＿＿＿＿＿＿

職業：□學生 □教師 □一般職員 □企業主管

□家庭主婦 □自由業 □醫護 □軍警 □其他＿＿＿＿＿＿＿＿＿＿

電子郵件信箱（e-mail）：＿＿＿＿＿＿＿＿＿＿＿ 電話：＿＿＿＿＿＿＿

聯絡地址：□□□＿＿＿＿＿＿＿＿＿＿＿＿＿＿＿＿＿＿＿＿＿＿

你怎麼發現這本書的？

□書店 □網路書店（哪一個？）＿＿＿＿＿＿＿＿ □朋友推薦 □學校選書

□報章雜誌報導 □其他＿＿＿＿＿＿＿＿＿＿＿＿＿＿＿＿＿＿＿＿＿

買這本書的原因是：＿＿＿＿＿＿＿＿＿＿＿＿＿＿＿＿＿＿＿＿＿＿

□內容題材深得我心 □價格便宜 □封面與內頁設計很優 □其他＿＿＿＿＿

你對這本書還有其他意見嗎？請通通告訴我們：

＿＿＿＿＿＿＿＿＿＿＿＿＿＿＿＿＿＿＿＿＿＿＿＿＿＿＿＿＿＿＿＿

你買過幾本好讀的書？（不包括現在這一本）

□沒買過 □1～5本 □6～10本 □11～20本 □太多了

你希望能如何得到更多好讀的出版訊息？

□常寄電子報 □網站常常更新 □常在報章雜誌上看到好讀新書消息

□我有更棒的想法＿＿＿＿＿＿＿＿＿＿＿＿＿＿＿＿＿＿＿＿＿＿＿

最後請推薦五個閱讀同好的姓名與E-mail，讓他們也能收到好讀的近期書訊：

1. ＿＿＿＿＿＿＿＿＿＿＿＿＿＿＿＿＿＿＿＿＿＿＿＿＿＿＿＿＿＿

2. ＿＿＿＿＿＿＿＿＿＿＿＿＿＿＿＿＿＿＿＿＿＿＿＿＿＿＿＿＿＿

3. ＿＿＿＿＿＿＿＿＿＿＿＿＿＿＿＿＿＿＿＿＿＿＿＿＿＿＿＿＿＿

4. ＿＿＿＿＿＿＿＿＿＿＿＿＿＿＿＿＿＿＿＿＿＿＿＿＿＿＿＿＿＿

5. ＿＿＿＿＿＿＿＿＿＿＿＿＿＿＿＿＿＿＿＿＿＿＿＿＿＿＿＿＿＿

我們確實接收到你對好讀的心意了，再次感謝你抽空填寫這份回函

請有空時上網或來信與我們交換意見，好讀出版有限公司編輯部同仁感謝你！

好讀的部落格：http://howdo.morningstar.com.tw/

請填妥後對折黏貼，直接投郵即可，無須貼郵票。

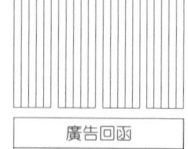

廣告回函
台灣中區郵政管理局
登記證第3877號
免貼郵票

好讀出版有限公司　編輯部收

407 台中市西屯區何厝里大有街13號
電話：04-23157795-6　傳真：04-23144188

沿虛線對折

購買好讀出版書籍的方法：

一、先請你上晨星網路書店http://www.morningstar.com.tw檢索書目或直接在網上購買

二、以郵政劃撥購書：帳號15060393 戶名：知己圖書股份有限公司並在通信欄中註明你想買的書名與數量

三、大量訂購者可直接以客服專線洽詢，有專人爲您服務：
客服專線：04-23595819轉230 傳眞：04-23597123

四、客服信箱：service@morningstar.com.tw